追放者だらけの辺境村がやがて世界に覇権を唱えるようです
著 福山松江
Illustrator くろでこ
「追放村」領主の超開拓《オーバービルド》
JN210202
GAノベル

まさに一刀必殺!
剣聖の技を継承せし若き領主、
黄金竜すらも恐るるに足らず——!

ま、こんなものか

ハハハ!
頭が九つもあると
悲鳴もやかましいな!
彼はカリスマ領主か悪魔の申し子か?
天才的頭脳に愉快な性格があわさって
敵も味方も震える最強の開拓伝説が始まる——!

ほざいてないで集中してろー！
（やっぱりこいつは危険だ……。
ここで死んでもらうべきじゃないのか？）

俺が
お前らを
勝たせてやる!
追放されし者たちの大・大・大逆襲!
新領主アークの熱い意思がきっかけとなり
「元最強」たちの心に火を灯しはじめる!

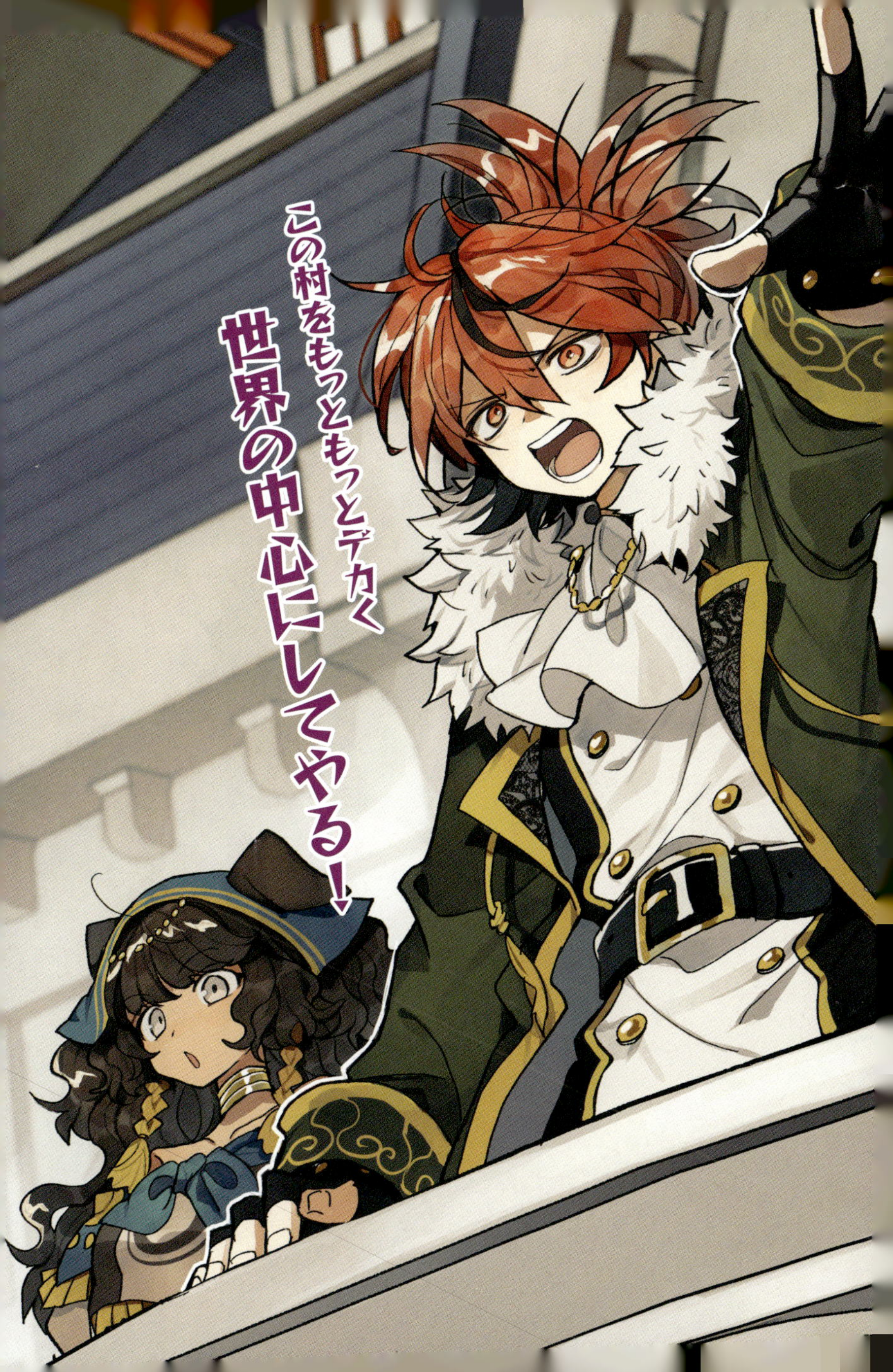
この村をもっともっとデカく
世界の中心にしてやる!

C O N T E N T S

005 プロローグ

020 ［第一章］ようこそ追……サイト村へ

053 ［第二章］黄金の脅威

089 ［第三章］「野望」と書いて「ゆめ」と読むお話

140 ［第四章］毒を呑ませる

188 ［第五章］追放村の意地

235 エピローグ

242 ［書きおろし短編］バカな男とのつき合い方

追放者だらけの辺境村が
やがて世界に覇権を唱えるようです
著 福山松江
Illustrator くろでこ
「追放村」領主の
超開拓《オーバービルド》

CHARACTER

Illust くろでこ

アーク・フィーンド

剣聖マーカス公爵の血を引く若き天才剣士。悪徳貴族『宰相派』の奸計にハメられ、辺境の寒村の統治を押しつけられる。だが、そこに住まう者たちの真価に気付き、領主としての才覚を発揮していく。

メイリ

ハーフエルフの少女。アークの従者として側に侍る。メイドとしての実力は完璧。王都を出ていくアークと共に屋敷を後にし、サイト村での生活をはじめる。貧乳派のアークの恋愛対象になれるのか？

ケインズ

ギルドを追放された魔術師。
反領主派の急先鋒。

テレーズ・カウレス

鍛冶爵家を追放された娘。
歴代最高の鍛冶を腕を持つ。

シロ

アークに助けを求めた犬人《コボルト》娘。
一族屈指の治療術師。

ミィ

拳法家の猫人《ケットシー》娘。
道場破りで都を追放された。

マーカス・フィーンド 剣聖。亡きアークの父。最強の剣術を全てアークにたたき込んだ。

アイランズ 『宰相派』財務大臣。アークに濡れ衣を着せて地位を奪った怨敵その一。

モラクサ 『宰相派』法務大臣。アークを男爵に降爵し追放処分にした怨敵その二。

テムリス かつて王都一の大商人だった男。追放村ではただの酒場の店主。

ヴェスパ かつて伝説の猟師だった男。追放村では夢を忘れたただの農夫。

プロローグ

アークが十七歳の時、父であるフィーンド伯爵《はくしゃく》が病没《びょうぼつ》した。

偉大――と呼び称される父だった。

剣聖《けんせい》にして常勝将軍《じょうしょうしょうぐん》。幾度とない内乱鎮圧《ちんあつ》や隣国《りんごく》との戦争、その全《すべ》てで武勲《ぶくん》を立てた。

葬儀《そうぎ》には多くの貴族が訪れ、アークは涙を堪《こら》えて喪主《もしゅ》を務めた。

そして弔問客《ちょうもんきゃく》がいなくなった後――

アークは部屋に帰って一人――


「いぃいいやったあああああ、クソ親父が死んだあああああああああああっっっ‼」


喜びのあまりにベッドの上で転げ回ってしまった。

おかげで緋色《ひいろ》の髪はボサボサに乱れまくり、熱しやすい炎色の瞳《ひとみ》はうれし涙でキラキラ。

イケメンを自ら標榜《ひょうぼう》し、常に気取った仕種《しぐさ》やポーズをとるアークだが、今は他人の目もなくガキみたいにはしゃぎ回る。

すると、

「不謹慎《ふきんしん》ですよ、アーク様。あと外まで絶叫《ぜっきょう》、聞こえましたよ」

メイドの娘がノックもなしに部屋に入り、苦言を呈《てい》した。


名をメイリ。歳《とし》は十七。

今は半眼になっているが、金髪碧眼《きんぱつへきがん》の凄《すさ》まじい美少女である。

それも当然、彼女は森の民を父に持つ、ハーフエルフなのだ。

父親の血か全身華奢《きゃしゃ》で、腰なんか折れそうなほどくびれているくせに、母親に似て乳も尻《しり》もご立派なものを持っている。

ここサロマン王国では（ハーフ）エルフは存在自体が珍しく、あわや奴隷商にさらわれそうになっていたところを、母子ともどもアークが助けてやった。

以来こうして側仕《そばづか》えしている。

母親の方は一昨年、夫に捨てられた心労過労が祟《たた》って亡くなってしまったが、メイリは変わらず忠勤《ちゅうきん》してくれている。

のだが、とにかく口やかましいのだこのメイド！


「黙れ、メイリ！　オレが今までクソ親父からどんな仕打ちを受けてきたか、おまえだって知ってるだろうがッ」

「それはそうですけど」

「一に武術、二に武術、頭がおかしくなりそうなほどの武術漬けの人生を、オレは物心つく前から強制されてきたんだ！　ちょっとヘマするたびにクソ親父の折檻《せっかん》付きでなっ。『貴族とは王家の藩屏《はんぺい》、健全な筋肉が国王陛下を守る』が脳筋親父の口癖だ！　藩屏って肉盾って意味じゃねーだろっ。バカに貴族が務まるかよ、オレに勉強させてくれって訴えても、親父《バカ》には理解できないんだから詰んでるわな！　お陰《おかげ》でオレは睡眠時間まで削って、隠れて自習しなきゃいけなかったんだぞ⁉　ふざっけんな‼」

地獄《じごく》の日々を思い返すと、父親への怒りと恨《うら》みがふつふつと沸き上がる。

「オレは大貴族に生まれた者の特権として、領民どもを搾取《さくしゅ》して酒池肉林に耽《ふけ》る勝ち組人生を送りたいんだよ！　オレの優れたズノーでサッソーと領地改革して、もっと金持ちになるためのデスクワークなら努力してもいいが、お国のために血と泥にまみれて戦争なんか絶対に御免《ごめん》なんだよ！　貴族ってのは民をコキ使うのが役目で、自分は後ろでぬくぬくと暮らしてるもんだろうが、違うか⁉」

「アーク様って高貴なる者の義務《ノブリス・オブリージュ》って言葉、知ってます？」

「あーあーあー聞こえない！」

アークは両手で耳を塞《ふさ》ぎ、メイリの苦言を聞き流した。

「とにかく今日からはオレがフィーンド伯爵サマだ！　もう二度と剣は握らねえ！　領民を馬車馬のように酷使《こくし》して、上がってくる税金を一枚一枚数えるだけの夢の生活をするんだ！」

「腐り切った夢ですね」

「うるせえ！　おまえも伯爵付きのメイド頭《がしら》になるんだから、ちっとは主《あるじ》を敬う姿勢を覚えろっ。

他に示しがつかないだろっ」

「誰《だれ》も苦言を呈さなくなったら、アーク様なんてバカ殿一直線、お家やご領地も衰退《すいたい》まっしぐらだと思いますけど？」

「オレさえ幸せな生涯《しょうがい》を終えられるなら、そこで伯爵家なんて滅んでもいい！」

「優れたズノーでサッソーと領地改革する発言、どこに消えたんですか」

「オレは『オレを大好きな奴』が好きなんだ！　もし領民どもがオレを神の如《ごと》く崇《あが》め奉《たてまつ》るなら、ちょっとは大事にしてやってもいいっ」

「一度ひどい目に遭《あ》えば面白《おもしろ》いのに」

アークがクズ発言を連発し、そのたびにメイリが苦言《ツッコミ》を呈しまくる。

これがこの二人の毎日だった。

しかし普段なら「イラッ」とするところが、今日はほとんど気にならない。

「ひどい目に遭えだと？　バーカ、伯爵サマになったオレはもう無敵だ！」

目の上のタンコブだった父マーカスが早死にしてくれて、自分の前途にはもうバラ色の人生が待っているに違いない。

そう思えば、鷹揚《おうよう》な気分になれたのだ。

そして一週間後——アークは宮廷裁判《きゅうていさいばん》の被告席に立たされていた。

「フィーンド伯爵アーク。貴様は領地の税収を過少に申告することで、王家への納税額を不当に減らしていた。これは立派な横領罪《おうりょうざい》である」

法務大臣のジジイが、厳格《げんかく》ぶったツラをしてそう告げた。

「冗談ではない！　私が亡き父の後を継いだのはほんの一週間前のこと！　領地経営に携《たずさ》わる機会など一度も与えられなかった！　それでどうして不正を行うことができるだろうか！」

アークは育ちの悪さを隠した、よそ行きの言葉遣いで訴えた。

（あんのクソ親父がよお！　どうせ横領なんて大それた話じゃなくて、どんぶり勘定してたツケが来たんだろ？　何が剣聖だよ、何が常勝将軍だよ、何が藩屏だよ！　まず領地経営のこと疎《おろそ》かにしてんじゃねえよ脳筋があああああっ）

内心《あしもと》そう憤っていた。

だから、

「貴様は己《おのれ》の罪を、亡き父に被《かぶ》せようというのか！」

「被せるのではなく、事実その罪は愚《おろ》かな父のものだと訴えている！」

法務大臣に批難されても、堂々と父を罵《ののし》り、己の潔白《けっぱく》を訴えた。

この場に居並ぶ宮廷貴族や廷臣たちから、悪魔の子を見るような目で見られても、平然と分厚い面《つら》の皮で跳ね返していた。

しかし事態はアークの思わぬ方向へと転ぶ。

「財務大臣アイランズ卿《きょう》、証言を」

と法務大臣が一人の男を証人席に召喚した。


亡き父親が親友づき合いしていた宮廷貴族の、アイランズだ。

歳も同じ四十一。卑屈《ひくつ》な性根が目つきに出ている、ネズミを彷彿《ほうふつ》させる小男。

財務大臣を務めるだけあって政治に敏《さと》く金勘定が得意で、武力バカだった父が領地経営について相談していたというか、ほとんど丸投げで任せていたのを憶えている。

またこのアイランズと法務大臣のモラクサは、ともに「宰相派《さいしょうは》」と呼ばれる連中で、この国の貴族社会でも最大派閥を形成している。

国王を傀儡《かいらい》にすることで栄耀栄華《えいようえいが》を極める、まさに佞臣《ねいしん》と呼ぶしかない国賊《こくぞく》どもだ。

アークも日ごろから羨《うらや》ましく――もとい、けしからんと眉《まゆ》をひそめていた。


そのアイランズが声を張って証言した。

「亡きマーカス卿が今際の際、親友である私に打ち明けてくれたのです。嫡子《ちゃくし》であるアーク卿が不正を繰り返していると！　それで私は己が正義感に懸《か》け、また財務大臣の権限を以って調査に入り、多数の証拠をつかみました。見てください、ここにアーク卿自身の手による横領の指示書が！　こんなにも！」

（はああああああああああああああああああああああああああ⁉）

まるで身に覚えのないことをまくし立てられ、アークは目をひん剝《む》いた。

しかも法務大臣のジジイはいけしゃあしゃあと、

「証拠が出てきた以上、アーク卿の罪は明らかである」

（指示書なんて書いた覚えはねえよ！　筆跡鑑定《ひっせきかんてい》してから言えよ！）

「本来ならば死罪とすべきだが、アーク卿はまだ若く、初犯でもある」

（ナニ慈悲《じひ》ぶってんだよ、冤罪《えんざい》野郎がよぉ！　オマエラ「宰相派」同士だし絶対アイランズとグルだろ⁉　グルだよなあ⁉）

「よって流刑《るけい》が妥当であろう。フィーンド家は男爵《だんしゃく》に降爵《こうしゃく》、領地は没収、アーク卿は辺境に追放とする。ただし亡き父君の赫々《かくかく》たる武勲に免じて、サイト村を領地に賜《たまわ》ると国王陛下の仰《おお》せである」

（裁判前からとっくに処分決まってんじゃねえかこの茶番がよおおおおおおおおおおっ）

結局、アークはろくに抗弁の機会を与えられず、兵士どもに引っ立てられた。

途中、証言席の脇《わき》を横切る時、アイランズに声をかけられた。

「フィーンド家の領地はそっくり私が賜ることになっている。君と君のマヌケな父親の代わりに、この私が郎党も領民も大切にしてあげるから、安心したまえ」

と嘲笑《ちょうしょう》された。

「『宰相派』の佞臣ども！　テメエラ絶対まともな死に方しねえからな‼」

アークには負け犬の如く遠吠えすることしかできなかった。

今はまだ。

◇◆◇◆◇

「クソウ、完全にハメられた」

王都にあるフィーンド家の町屋敷で、アークは怒り狂っていた。

聞いているのはメイリだけ。

伯爵家に仕えていた家令ら使用人たちも、騎士ら郎党たちも、裁判から帰ってきたらみーんなトンズラかましていた。

「アイランズの奴め、とっくに全員懐柔《かいじゅう》してたんだ。きっと領地の方も同じだ。なにせクソ親父があいつに統治を丸投げしてたからな！　遅かれ早かれ、伯爵領を乗っ取るつもりで準備をしてたんだろうよっ」

これではアークがいくら無実を訴えても、アイランズに懐柔された嘘《うそ》の証人や偽の証拠が、後から後から出てくるだけに違いない。

全ては領地経営という貴族の基本を怠った、脳筋親父が悪い。

まして武者修行漬けの日々をずっと強制されていたアークでは、この策謀を防ぐことはできなかった。

「アイランズめ！　法務大臣《モラクサ》のジジイめ！　善人ごかしたあいつらの顔面をぶん殴《なぐ》ってやりてえ！

オレを死刑にしなかったのも別に慈悲じゃなくて、国を何度も救った英雄《オヤジ》の手前、国民感情を逆撫《さかな》でしたくないって賢《さか》しい計算だろうさ。流刑なら温情があったって見えるもんなあっ。貴族《オレ》にとっちゃ実質殺されてるけどっ」

「じゃあお父君のご威光のお陰で、守ってもらえたんじゃないですか」

「そもそもあの戦争馬鹿《クソオヤジ》がまともなら、今オレは窮地《きゅうち》に陥《おちい》ってねえんだよおおおおおおっ」

誰が感謝するかと舌を出して叫ぶアーク。

それから一転、がっくりと肩を落とし、

「明日にはこの屋敷も出ていかないと、牢獄《ろうごく》送りだ……。サイト村とかいう聞いたこともないド辺境で、オレは果たして生きていけるのだろうか……。屋敷中が虫だらけだった日には、秒で卒倒《そっとう》するぞオレ……。嗚呼《ああ》、悲劇だ……」

「アーク様は神経図太いですし、平気だと思いますけどね」

「おまっ、人が落ち込んでる時に言葉のナイフで抉《えぐ》るなよっ」

アークが抗議をわめき散らすと、メイリは大きなため息をついて、

「情けないことばっかり言ってないで、さっさと顔を上げて前を向いてください。言っておきますが、不幸自慢大会やったら私の圧勝ですからね？　安い同情はしませんよ？」

「なんだとぉ⁉」

「私の父親だって負けじとクソ野郎でしたよ。村の同胞《エルフ》の反対を押し切って、お母さんと結婚したんです。だけどお母さんは人間ですから、普通に年をとります。それを父は私たちの前で、『容色

が衰えた』『こんなの詐欺《さぎ》だ』と何度もほざきやがったんです。村のエルフどもも『そら見たことか』と笑いやがって。あげくお母さんは父に離縁され、私たちは森を追放されました。私がまだ六歳の時の話ですよ?」

「ぐっ……」

口ごもるアーク。

身の上話は母親の方からさらっと聞いていたが、そこまでひどかったとは言っていない。

そして、まだ幼子《おさなご》だったメイリと、女の身で娘を守りつつ流浪《るろう》を続けたその母親が、どれだけ艱難辛苦《かんなんしんく》の連続だったかは、アホでも想像できる。

実際、アークがメイリたちをひろった時、二人は浮浪者《ふろうしゃ》同然の格好をし、飢えきっていた。

「でも私たちは、アーク様に保護していただけました。綺麗《きれい》な服も、温かい食事や寝床も、真っ当な仕事も与えられて、人がましい生活をさせていただきました。お母さんは流浪時代の無理が祟って亡くなってしまいましたけど、アーク様のお陰で私はちゃんと看取ることができましたし、立派なお墓まで立てていただきました」

おわかりですか? ——とメイリは澄まし顔で講釈垂《こうしゃくた》れる。

「『捨てる神あれば拾う神あり』といいます。たとえ追放されたって、命があるなら再起はできます。殺されたも同然なんて情けないこと、仰《おっしゃ》らないでください」

なんという上から目線!

これが不幸自慢大会優勝候補の貫禄《かんろく》か!

ぐぎぎ……とアークは歯軋《はぎし》りさせられる。

だけど怒鳴《どな》り返そうとは思わなかった。

代わりにこう確認した。

「……おまえ、オレを慰《なぐさ》めてくれてんのか？　励《はげ》ましてくれてんのか？」

「自分の良い方に解釈しすぎじゃないですか？」

そう言いながらも、メイリはプイッとそっぽを向いた。

頬《ほお》も赤かった。なまじ肌が白いから隠せないのだ。

つまりは照れ隠し。図星である。

そんな素直ではないけど、思い遣り深い少女に対し、アークは――


「慰めるならもっと優しい言葉でよちよちしろやボケエエエエエエエッ」

「きゃあああああああああああああっ」


その小さな頭をわしづかみにし、金糸《きんし》の如く繊細《せんさい》な髪をワシャワシャかき回す。

「ひどい……。汚された気分です……」

「うるせえ！　バーカ、バーカ！」

子供みたいな憎まれ口を叩《たた》きながら、アークはさっさと部屋を出ていこうとした。

それをメイリが手櫛《てぐし》で髪を整えながら、引き留める。

「アーク様、いったいどちらへ？」

「こんなトコにいられるか！　オレはさっさと村へ向かうことにする」

「もう日が沈みますよ？　出発するなら明日朝では？」

「誰かに後ろ指差されながら都落ちするくらいなら、オレは夜逃げを選ぶ」

とてつもなくカッコ悪い台詞《せりふ》を、アークはビシッと決めポーズで告げる。

だけど、もう顔は落とさない。

メイリの言う通り、前だけ向いて進むことにした。

「畏《かしこ》まりました。仕方ありません、急いで準備にかかります」

「はぁ？　おまえ、何言ってんの？」

「私がしないと、アーク様に旅の準備なんかできないでしょう？　生活能力皆無《かいむ》なんですから」

「そうじゃなくて……まさかおまえもついてくる気か？」

メイリほど有能で、珍しいハーフエルフで、しかも容色優れたメイドならば、いくらでも待遇《たいぐう》の良い就職先を見つけられるはずだった。

しかも母親の墓だって、この王都にあるのだ。

落ちぶれた主人について、ド辺境までついてくる必要などなかった。

そんなの、一緒に落ちぶれるようなものだ。

なのに——

「一生アーク様についていって、無限にお給金を吸い取り続けるつもりですが何か？」

などとメイリは憎まれ口を叩く。

彼女は早や旅支度《たびじたく》をはじめ、アークの衣装棚《クローゼット》を整理していたから、どんな顔をして言ったのかはわからなかった。

アークは苦笑い半分で言った。

「バカな奴だよ、おまえは。本当に……」

「きっとご主人様の悪影響ですね」

メイリは荷物棚《チェスト》の整理にしゃがみ、ご主人様に尻を向けたまま返事をした。

その無礼をアークは許し、拳《こぶし》をにぎって宣言する。

「オレは決めたぞ、メイリ――」

自分の人生に、バラ色の未来なんて用意されていなかった。

生まれてから今日までと一緒、結局どこまでも茨の道しかなかった。

でも、構うものか。

「オレは自分の力で、栄光の再起ロードを歩いていく！　辺境暮らしはやっぱりゴメンだからな、だったらそのサイト村とやらを世界の中心にしてしまえばいい。オレの実力と優れたズノーで大発展させて、オレはそこで王となる！」

「ハイハイ、アーク様は気宇壮大《きうそうだい》でいらっしゃいますね」

「喜べよ、メイリ。そうなったらおまえは王の女官頭《にょかんかしら》だ。超高給取りだ」

「ハイハイ、楽しみにしてますね」

「あとアレだな！　財務大臣《アイランズ》とか法務大臣《モラクサ》とか、オレを追放した『宰相派』の奴らには全員、オトシマエをつけさせなきゃな！」

「ハイハイ、アーク様は地獄みたいに執念《しゅうねん》深いですからね」

作業中とはいえ尻を向けたまま生返事をするメイリ。

だがアークは気にせず、己《おの》が野心を語り続けるのだった。

それが確たる自信の表れか、ただの道化の妄言《もうげん》かは——神のみぞ知る。

王都からサイト村へは、馬車で半月ほどの長旅になる。

「マジどうしようもねえド田舎《いなか》だな。お陰《かげ》で道中、退屈で仕方ねえ」

「いいから前見て操縦《そうじゅう》してください」

メイリと二人で御者台に腰かけ、道中ずっと悪態《あくたい》をつき合う。

なお馬車を馭《ぎょ》すのはアークの仕事だった。

父マークスに「馬の世話一つできぬ奴《やつ》、馬車の操縦一つもできぬ奴は、武人ではない！」と、幼少のころから叩《たた》き込《こ》まれたのだ。大貴族の若様なのに。

メイリとて骨惜しみしない優秀なメイドではあるのだが、如何《いかん》せん馬車を操《あやつ》る技術がない。できないものはできない。

お陰でどっちが使用人かわからない状況になっている。

「オレやっぱ可哀想《かわいそう》すぎるだろ。拾う神いなさすぎるだろ」

「こんな美少女メイドと二人旅なんて、充分に報《むく》われすぎなんじゃないですか」

メイリはぬけぬけと言ったが、アークは全く意見が異なる。

「確かにおまえはツラはいい」

「女性のことはもっと素直に褒《ほ》めないと、モテないですよ」

「だけど胸が残念なんだよ！　そのデッケー二つの脂肪《しぼう》の塊《かたまり》、ちゃんとしまっとけよ！」

「それサイテー発言ですよ。ご自覚あります？」

「昔から言ってるだろ？　オレはスレンダーで妖艶《ようえん》な年上の美女が好きなんだ！　浮き出たアバラ骨をナメナメしながら、よちよち甘やかされたいんだよ！」

「昔から思ってますけど、性癖歪《せいへきゆが》みすぎじゃないですか？」

そんな風にメイリと悪態を応酬《おうしゅう》していると——口で言ってるほど——道中、退屈しなかった。

◇◆◇◆◇

サイト村はサロマン王国の東端に位置し、地図でも特筆するレベルの巨大な森の、玄関口のような場所に存在する。

人口三百人程度の、小さく寂《さび》れた村だった。

「辺境《へんきょう》の村」と聞いて、まさに思い浮かべるイメージ通りというか。

夕暮れ時に到着すると、ますます物寂《ものさび》しげな光景に見えた。

「まあこんなチンケな村でも、領地は領地だ。村人全員、オレの所有物だ！」

ひざまずかせ、かしずかせ、自分好みのスレンダー美女を侍《はべ》らせてやる。

アークはメイリを先触《さきぶ》れに出し、自分は敢《あ》えて時間を置いて村に乗り入れた。

村人総出で新領主を歓迎するようにと、お達しさせたのだ。

ところがいざ着いてみると、出迎えに立っていたのはメイリを含《ふく》めてたったの三人。

「サイト村の総人口二人かよ！」

アークは癇癪《かんしゃく》を起しながら、馬車を停《と》めて降りる。

「どういうことだ、メイリ？」

「私はちゃんと大声で触れて回りましたよ。でも皆さんに無視されて、応《こた》えてくださったのがこのお二人だけでした」

「なんて無礼な村人どもだ！　新領主サマへの敬意がないのか⁉」

アークはますますいきり立ちつつも、ちゃんと出迎えに立った感心な二人を値踏《ねぶ》みする。

どちらも二十代前半くらいの、綺麗《きれい》なお姉さんだった。

ただしどちらも胸が大きくて、アークの好みからは外れた。

「ようこそサイト村にいらっしゃいました。まさか新しいご領主サマがいらっしゃるなどと寝耳に水のことで、歓迎の準備が整《ととの》っておらず恐縮ですわ」

と片方のお姉さんが、こんな辺境の村人とは思えない貴族的な口調で挨拶《あいさつ》してきた。

身に着けているものも、どこか神聖な趣《おもむ》きのある純白のドレスだ。

「わたくしはテレーズ・カウレスと申します。ここでは親しみを込めてテッカと呼ばれておりますわ」

「カウレスというと、あの鍛冶爵《かじしゃく》の？」

「ええ、そのカウレスで間違いありませんわ。わたくしは傍流《ぼうりゅう》の生まれではございますが、鍛冶の腕前なら直系の者たちにも負けませんのよ」

とテッカは嫣然《えんぜん》と微笑《ほほえ》んでみせる。


カウレスというのは、このサロマン王国で最も著名な鍛冶師の一族である。

優れた職人を代々輩出《はいしゅつ》し、国宝級の武具を次々と王家に献上《けんじょう》している。

ために王家から「鍛冶爵」という特別な爵位《しゃくい》を賜《たまわ》り、準貴族として扱われているほどだ。

その権勢や財力、実力は、そんじょそこらの男爵《だんしゃく》を凌《しの》いでいる。

またテッカがド田舎村には場違いな、純白のドレスをまとっている理由もわかった。

カウレスの者は気位が高く、鍛冶を神聖視している。

武具を鍛《きた》える時はあたかも聖職者の如《ごと》く、わざわざ白装束で行うと聞く。

テッカにとってはこのドレスがその正装なのであろう。


「でもカウレス家の人間が、どうしてこんな辺境にいるんだ？　いや、そもそも女の鍛冶師なんて認められるのか？」

鍛冶師という連中は存外に迷信深い連中で、「女が工房に入ると炉《ろ》の女神様が嫉妬《しっと》する」などと世迷言《よまいごと》をほざき、女性差別する。

これはこの時代、大陸西部と呼ばれるこの地方では、たいがいの国でそうだ。

「認められないからこそ、ここにいるのですわ。わたくしは幼少より鍛冶の道を志《こころざ》し、ために一族からは『女が鎚《つち》を持つな』と鼻つまみにされ、『女に何ができる』と笑われておりました。ですが、そんなわたくしが一族の誰《だれ》よりも優れた技術を身に着けると――男たちの虚栄心《プライド》を逆撫《さかな》でしてしまったのでしょうね――一族を追放されてしまいましたの」

「追放」

テッカが自分と同じ道をたどって辺境村にいるのだと知り、アークは親近感を覚えた。

次いでもう一人のお姉さんも自己紹介した。

「ミィっていうニャ。人を殴《なぐ》る蹴《け》るするのが得意ニャ」

けったいな口調でぶっ飛んだことを言う。

しかしアークは驚かない。

なぜなら彼女は猫人《ケットシー》だったからだ。

形のいい頭からはネコミミが生え、きゅっと締まったおしりからは鉤尻尾《かぎしっぽ》が生えている。

「殴る蹴るにもいろいろあるが、ただの喧嘩《けんか》屋か？　それとも暦《れっき》とした拳法家か？」

アークは後者と踏んで訊《たず》ねると、ミィは得意げに「ケンポー家ニャ」と豊かな胸を反らした。

（やっぱりな！　こいつもなかなか腕が立ちそうだ。まあオレやクソ親父ほどじゃないけど！）

まっすぐ立てているかとか、足運びとか重心の置き所とか、達人クラスであれば何気ない所作からでもわかるものだ。

（もちろん、オレの目がいいからだけど！）

アークはミィに負けないくらい得意げに胸を反らす。

「それでおまえはなんでこんなド田舎村にいるんだ？　武者修行の途中か？」

「武者修行はもう懲《こ》りたニャ」

（ほう。こいつもオレと同類か？）

「王都で道場破りをしまくったニャ。剣士でも槍《やり》使いでも片《かた》っ端《ぱし》から殴り倒してやったニャ。そしたらアイツら卑怯《ひきょう》にも、結託して官憲に被害届けを出して、ミィを傷害犯に仕立て上げたニャ」

「マジで情けねえなそいつら！」

父マーカスが生前、すぐ真の武人ガー、風上ガー、と説教垂れるのを辟易《へきえき》して聞いていたアークだが、これに関しては「今すぐ道場の看板下ろせよ」と思ってしまった。

「お陰でミィは王都を追放になったニャ。だからもう暴力は懲《こ》り懲《ご》りだニャ。人生に必要なのはラブ＆ピースだニャ」

「追放」

また同じ言葉が出てきて、アークは今度は親近感より先に違和感を覚えた。

だからテッカたちに確認する。

「オレもぶっちゃけ追放されてここに来た身だが、三人も同じ境遇《きょうぐう》の奴がいるのは偶然か？」

「いえ、偶然と申しますか――」

「この村に住んでるのはみーんな、どこかから追放されてきた連中ばっかだニャ」

「例外は大昔に追放された者の子孫たちくらいですわ」

「ぐわああああああ、やっぱりか！」

確認がとれてアークは頭を抱えた。


「「追放村へようこそ」ニャ」


テッカとミィが綺麗にハモる。

その笑顔を見れば、二人が歓迎しているのは決して「新領主サマ」ではなく、「同じ目に遭《あ》った被害者」であることがわかった。

まあ人は好いのだろうが、どこまで行っても同類相哀《あいあわ》れむの精神だ。

「何が『追放村』だよフザケンナアアアアアアアッ」

これが――こんなのが自分の領地かと、アークは泣きたくなってくる。

あの佞臣《ねいしん》ぞろいの「宰相派《さいしょうは》」が、罠《わな》にハメて自分を辺境送りにした非道な連中が、道理で気前よくくれるはずだ。

やはり慈悲《じひ》でもなんでもなかった。

「要するにこの村の連中は、経歴に疵《きず》がある奴ばっかってことだろ⁉」

テッカやミィのように、周囲のやっかみで追放された者ならまだ可愛げがある。

しかし中には本当に脛《すね》に疵を持つ者——ガチの犯罪者もいるんじゃないかと気が気でない。

「全員、今すぐオレが問《と》い質《ただ》してやるから集めろ！」

「それは無理なご注文ですわ、ご領主サマ」

「何が無理なんだよ！　そもそも出迎えがたった二人ってのがおかしいだろっ」

「仕方ないニャ。みーんな領主なんて歓迎してないニャ。毛嫌いしてるニャ」

「不敬ッ。どいつもこいつも不敬ぃッッッ」

地団駄《じだんだ》踏むアーク。

せめてメイリによちよちして欲しかったのに、さっきからずっと「私は使用人という道具ですから」とばかりの態度で、心を無にして突っ立っている。他人事すぎるだろ！

一方、テッカたちはアークを宥《なだ》めるように、

「どうか村民の事情も酌《く》んでやってくださいませ」

「みんな別にアークくんのこと自体を嫌ってるわけじゃなくて、領主って存在自体がもう許せないのニャ」

「ハァ？　なんでだよ？」

「以前の領主が最悪の人でなしだったからですわ」

「ミィたちに重税を課して、馬車馬みたいにコキ使ったニャ」

（そんなの領主なら当たり前じゃね？）

アークは要《い》らんことを言いそうになったが、メイリが当意即妙《とういそくみょう》に動いて後ろから口を塞《ふさ》いだ。

「あげくわたくしたちに、『魔の森』に入ることまで強要したのです」

「冗談じゃないニャ。ミィたちだって命は惜しいニャ。ラブ＆ピースだニャ」

二人の言葉に——アークとメイリは村の向こう側にある、鬱蒼《うっそう》たる森に目をやった。


地図上に特筆すべきこの巨大な森が、俗に〝魔の森〟と呼ばれていることは、地理を少しでもかじった者なら誰でも知っている。

あるいはサロマン国民なら誰でも、「東の方になんかあるらしい」という程度のことは知っているだろう。

その異名の通りに、凶悪な魔物が大量に生息している超危険地帯だ。

軍隊でさえ奥まで行けば帰ってこれず、近隣《きんりん》のどこの国も手を出すことができない、どこの領土にも属さない空白地帯。


「なのに前領主は『魔の森』を開墾《かいこん》し、領地を増やせとわたくしたちに命じたのです」

「魔物に襲われたら返り討ちにして、牙《きば》や皮を剝《は》いで売ったら大金になるから、一石二鳥だって言ったニャ。自分は安全なところでぬくぬく暮らしながら」

（そんなの領主なら当たり前じゃね？）

アークは要らんことを言いそうになったが、メイリが当意即妙に動いて後ろから口を塞いだ。

「その結末は——もうお察しのことでしょう？」

「みんなで力を合わせて、前の領主を追い出したニャ。護衛の騎士はちょろっといたけど、魔物に比べたら何も恐くない雑魚《ざこ》ニャ」

「それでどいつもこいつも味を占めて、『サイト村に領主なんて要らない』って今でもイキってんのか」

やっぱりとんでもない村だった。

あの佞臣ぞろいの「宰相派」が――罠にハメて自分を辺境送りにした非道な連中が、道理で気前よくくれるはずだ（本日二度目の感想）。

王国では管理しきれない、かといって軍を派遣するには費用対効果が悪すぎる、辺境のヤクザ村を押し付けたのだ。

これで万が一アークが村の統治に成功したら、したり顔で「税金、納めてね！」なんてしゃしゃってくるのだろう。

慈悲でもなんでもない。

「つべこべ言ってないで、鎖《くさり》で引っ張ってでもオレの前に連れてこい！　いいか、最初に教えといてやる。オレは『オレを大好きな奴』が好きなんだよ！　村人が相応の態度を見せるなら、オレも前の領主より上等に扱ってやる」

村の事情や村人の感情は理解した上で、アークはあくまで我を通した。

するとテッカとミィが顔を見合わせ、目配せする。

何を思ったか、アークの傍《そば》まで来て挟《はさ》むように立つ。

そして、

「わたくしたちは既《すで》にご領主サマのことが大好きですわ」

「だからアークくんもミィたちのこと、好きになって欲しいニャ」

「そのわたくしたちに免《めん》じ、他の村人のことはそっとしておいてくださいませんこと？」

「代わりにミィたちがアークくんのこと、ちゃんと立ててあげるニャ」

などと言って、左右からべたべたくっついてくる。

普通の男なら美人のナイスバディにここまでされて、鼻の下を伸ばしていただろう。

しかしアークは違う。

性癖をこじらせた男だ。

「色仕掛けするならオレ好みの美女を連れてこいよ！　年上で、妖艶《ようえん》で、何よりスレンダーな‼

そのぶよぶよしたふくらみをオレに押し当てんな！」

とテッカたちを喝破《かっぱ》する。

後ろでメイリが「サイテー」と主をディスっていたが、聞かなかったことにする。

一方、テッカとミィは心外そうに、

「わたくしたちより細身の女性なんて、この村にはおりませんわよ」

「ミィの引き締まった腹筋、見せてあげようかニャ？」

「ハ⁉　そんなデカくて邪魔なもん、二つもぶら下げておいて⁉」

アークはにわかに信じられない。

確かに二人は――巨乳に目をつむれば――引き締まった体つきをしているが、これが村内最高峰《さいこうほう》のスレンダーは無理があるだろうと。

「嘘《うそ》だろ⁉　こんな寒村でも一人くらいはいるだろ⁉　隠してないで出せよ！」

「寒村だからこそですわ、ご領主サマ」

「ミィたちの食糧事情のことも考えて欲しいニャ」

「ま、まさか、あの悪魔の実がこの村にも……⁉」

アークが愕然《がくぜん》となって訊ねると、テッカが「恐らくそのまさかですわ」と、村の農地まで案内してくれた。

そしてアークは愕然を通り越して、その場に呆然《ぼうぜん》とへたり込んだ――

◇◆◇◆◇

「サロマ芋」という甘藷《かんしょ》がある。

このサロマン王国の在来種で、領内の土壌であればたとえ荒地でもよく育ち、しかも世話が簡単で二期作まで可能という、他国が羨《うらや》んで仕方ない主要農産物だ。

後世でいうところの栄養価に富み、これさえ食べればビタミンまで摂れる。

おかげでこの国は昔から飢饉《ききん》知らずで、人口も著しく多い。サロマンを強国たらしめている要因は、このサロマ芋にあると言って過言ではない。

まさしく夢のような穀物《こくもつ》だが、一つだけ問題がある。

糖質《とうしつ》の爆弾なのだ。

おかげでサロマン国民は肥満体《ひまんたい》が多く、糖尿病に悩まされている。

サロマ芋を食べるしかない庶民《しょみん》ほど、貧乏人ほどその傾向が強くなる。


そしてサイト村の痩《や》せた農地には、見渡す限りの悪魔の実《サロマいも》が植えられていた。

「ああ……っ」と絶望の声を漏《も》らすアーク。

へたり込んだまま、眼前に広がる農地に——悪夢の如き光景に凍《こお》りついていた。

そんな少年の肩に、テッカとミィが左右から手を置き、したり顔で説明する。

「この村はみーんなビンボーだから、サロマ芋以外は滅多《めった》に食べられないニャ」

「鍛冶は力仕事ですしミィも拳法家ですから、この通りプロポーションを維持《いじ》できておりますが、たいていの村の女性は恰幅《かっぷく》の良い方々ばかりですわ」

「村の食糧事情が改善しない限り、スレンダー美女なんて夢のまた夢ニャ」

あげくメイリまでここぞとばかりに追い打ちをかけてくる。

「スレンダー美女を侍らせるなんてサイテーの野望、ドブにでも捨てたら如何《いかが》ですか?」

聞いてアークはブチ切れた。

雄々しく立ち上がり、皆に向かって怒鳴り散らす。

「だったらオレが改善してやらあ！　金を稼《かせ》ぎまくって、他の食いもんを恵んでやらあ！　そうしたら村の女もみるみる痩せて、オレ好みになっていくだろ‼」

スレンダー美女でハーレムを作る野望は絶対に譲れなかった。絶対にだ。

しかしテッカとミィは肩を竦《すく》めるばかり。

「ご領主サマのお言葉はありがたい限りですが――」

「そんな大金、こんな辺境でどっから稼ぐニャ？　それができたら苦労しないニャ」

「ハァ？　宝の山が目の前にあるだろうが」

本気でわからないのかと、アークは呆《あき》れ果てる。

そして真《ま》っ直《す》ぐに指を差す
村の向こう側に広がる――〝魔の森〟を。

「森にゃ魔物がウジャウジャいるんだぞ？　剝《は》ぎ取った素材はメチャクチャ高く売れるんだぞ？

つまりは宝の山ってことだろうが！」

アークは気取ったポーズでビシィィィッとキメて宣言する。

メイリが「ウザ……」と呟《つぶや》いたが、聞かなかったことにする。

さらにはテッカとミィまで全く感銘《かんめい》を受けた様子もなく、

「肝心の魔物退治が可能なのでしたら、ご領主サマの仰《おお》せの通りですが……」

「断っとくけど、ミィたちは絶対手伝わないニャ。ラブ&ピースに生きると決めたニャ」

「誰も一緒に来いなんて言ってないだろ。オレが食わせてやるって言ったんだ、オレ一人で狩りまくってやらあ」

本来は領民どもをコキ使い、自分は安全地帯でぬくぬく暮らしたいところだが、それをやったら前領主と同じ末路をたどるのがオチだ。

だったら金は自分で稼ぐ。毎日サロマ芋ばっかり食って暮らすとか、死んでも嫌だし。

そのおこぼれを領民どもに恵んでやって、自分好みのスレンダー美女が増えるなら、まあ良しとしよう。

アークは頭の中でそう計算していたのだが、テッカとミィはまだ承服できかねる様子で、

「一人で〝魔の森〟に行かれるだなどと、ご領主サマは魔物を舐《な》めすぎなのでは……」

「きっと痛い目見るニャ。いや、痛い目で済めばいいけど、死んでもおかしくないニャ」

と異議を唱えてくる。

それは一応はアークの身を案じた忠言なので、怒りはせず代わりにこう答えてやる。

「おまえたちこそオレのことを舐めている」

胸を反らし、顎《あご》をしゃくり。

尊大に。傲慢《ごうまん》に。

「オレを誰だと思っている？　剣聖マーカス・フィーンドから全《すべ》ての術理を受け継いだ、唯一人の相伝者だぞ」

◇◆◇◆◇

前領主の住まいだった三階建てのお屋敷は、今は公民館として村の会合等で使われていた。

それをアークは問答無用で接収し、自分のものにしてしまった。

身の回りの世話はもちろん、メイリに任せる。

そうして一泊した後、アークは朝日を浴びて意気揚々と〝魔の森〟へ出発する。

「危ないからおまえはついてこなくていいんだぞ、メイリ」

「危なっかしいからついていきますよ、アーク様」

ハーフエルフのメイドは小生意気にも口答えすると、アークの装束《いでたち》に物申したげな空気を醸《かも》す。

実際、アークは長剣一本を腰に佩《は》くだけで、鎧《よろい》の類は一切《いっさい》着けない。

完璧《かんぺき》に〝魔の森〟を舐め腐ったスタイルだ。

一方、メイリもリュックを背負《しょ》っている以外はいつものメイド服姿なので、これから魔物退治に出かけるようには全く見えない二人である。

貴族の坊ちゃまが愛らしいメイドを連れて、微笑《ほほえ》ましいピクニックに行くところだと言われた方が、誰もが信じるだろう。


アークとメイリは森に入ると、獣道《けものみち》すらない場所をずんずんと奥へ進む。

幸い木々の間隔はかなり広く、歩くのにさほどの不自由はない。

ただしそれは、巨大な魔物が行動を阻害《そがい》されずに襲ってくることも、意味しているのだが。

「アーク様は魔物と戦ったことはありませんよね？」

「ないな！　クソ親父はいっぺんオレに戦わせてみたくてしょうがなさそうだったがな。魔物なんてそう都合よく出没するもんじゃないから、結局機会がないきりだった」

　まあだからこそ、魔物の死体から採《と》れる素材は稀少で、高価で取引されるわけだが。

「じゃあ魔物がどれくらい強いかなんて、アーク様にもわかるわけないじゃないですか」

「ものの文献《ぶんけん》によると、一匹が騎士一人分の強さに相当するらしいぞ」

「当てになるんですか、その文献？」

「なるわけないだろ！　騎士っていったって、コネでなった貴族の坊ちゃんからクソ親父が一目置くレベルの奴まで、強さがピンキリなんだ！　そんなテキトーな基準を恥ずかしげもなく出してる時点で、眉唾《まゆつば》文献だよ」

「じゃあ得意げに引用しないでくださいよ」

「もっとまともな文献も読んだぞ。この森に棲む魔物の中には、〝ヌシ〟って呼ばれる強個体もいるらしい。土地一帯を縄張りにしていて、他の魔物が絶対ケンカを売らないそうだ」

「その〝ヌシ〟とやらは騎士サマ何人分くらいって書いてあったんですか？」

「こっちも強さはピンキリあるそうだがな。あの山が見えるだろ、メイリ」

　アークはかつて読んだ文献内の地図と、実際の地形を照らし合わせながら、サイト村の北東にある小さな山を指し示す。

「およそ二百年前、サロマンを建国した初代の王が――オレはスゴイって万能感に満ちてたんだろうな――調子コイて〝魔の森〟を領土にしてやるぜって、軍隊率《ひき》いて攻め込んだらしい。で、あの山を縄張《なわば》りにしている〝ヌシ〟の黄金竜と戦って、全滅したんだとさ」

「強さの単位が騎士じゃなくて軍隊」

日ごろはメイドとは思えない横柄《おうへい》な言動がデフォのメイリが、これには首を竦めて恐がった。

「その文献、本当に当てになるんですか？」

「こっちは確かな歴史書に記されてる事実だ。当てになる」

アークが断言すると、メイリも納得した。

バカに貴族は務まらないと思っていたアークは、理解のない父親に隠れ、睡眠時間を削《けず》ってまで自主的に勉強しまくっていた。

メイリはその姿を見ているから、アークがどれだけ博識かは知っているし、真剣な話をした時は疑ってこないのだ。


そしてアークも、メイリが粗忽《そこつ》さとは最も遠い亜人であることを疑っていなかった。

だから彼女がいきなり足を止めた時、自分もまた散歩気分をやめた。

腰の物に手をかけ、メイドの次の反応をじっと待つ。

エルフの血を引くメイリの尖《とが》った耳が、ぴくぴくと動いていた。

青い瞳《ひとみ》が遠くを映していた。

「アーク様――あちらに猪《いのしし》のような魔物が、五匹います」

「わかった」

アークにはまだ何も見えないし聞こえないが、気配を忍ばせてそちらへ向かう。

すると、確かにいた。

一角猪《ユニホーンボア》と呼ばれる魔物どもが、額から生やした巨大な角で木の根を掘り起こし、エサにしていた。

アークも実物を見るのは初めてだが、昔読んだ図鑑でその名と姿は知っていた。

「よく見つけたぞ、メイリ。さすが森の民《エルフ》。さすが狩猟民族《エルフ》。おまえのクズ親父の血も役に立つもんだ」

「だったらアーク様も、クソお父上から習った剣技を早く役立ててください」

互いに実父を恨《うら》んでいるという点で共通する二人が、互いの神経を逆撫でし合う。

そんな遠慮のない関係性にアークは心地よさを覚えつつ、剣を抜き放って前に出る。

もう気配は消さない。

ズカズカと魔物どもへ近づいていく。

一角猪《ユニホーンボア》も一匹、また一匹とこちらに気づき、敵意と食欲で瞳をギラつかせた。

雄叫《おたけ》びを上げて、五匹が一斉にアークへと突撃してくる。

「なるほど、一匹が騎士一人相当」

突進してくる速度と迫力は、軍馬のそれに勝っている。

巨大な角は、人間の胴体くらい簡単に風穴を開けてしまうだろう。

逆に硬そうな剛毛と分厚い皮下脂肪に覆《おお》われた体は、さぞや斬《き》り辛《づら》いに違いない。

重甲冑《じゅうかっちゅう》をまとい、ランスを構えた騎士が、人馬一体となって突撃してくる——まさにそんな様を彷彿《ほうふつ》させる魔物だった。

それも王都で定期的に行われる馬上槍試合《トーナメント》の、優勝候補クラスの近衛騎士たちと同等の強さをアークは感じとる。


「ま、こんなものか」


アークは片手でぶら下げていた長剣を、両手に持ち直した。

そして一角猪《ユニホーンボア》が迫る端《はし》から、剣を振るうこと五度。

魔物どもの五つの首が、ほとんど同時に刎《は》ね飛んだ。

アークは返り血すら浴びていない。

のんびり歩いているかのような風情《ふぜい》で、魔物どもの脇《わき》を抜けて、しっかり残心《ざんしん》をとっている。

「お見事です、アーク様」

ちゃっかり木の陰に隠れていたメイリが、安全を確認するやのこのこ出てきた。

「というか魔物がザコすぎましたね。口ほどにもない」

「いや強かったよ⁉　馬上槍試合《トーナメント》の優勝候補クラスあったよ⁉」

「？　ではどうしてアーク様が圧殺できたのですか？」

「オレが超強いからって発想がなんで出て来ないわけ⁉」

「またそんなイキリ散らして……大人になってから黒歴史化しますよ？」

「オレもう十七歳のオトナぁ！」

「世間知らずのアーク様では仕方ありませんが、それを世間では『イキり』といいます」

「というかオレがクソ親父に殴られながら、地獄みてえな剣術修行させられてたのは、メイリも見てただろ⁉　それでオレが強くなれてなかったら、オレ可哀想《かわいそう》すぎるだろう⁉」

「事実、私はアーク様のことを憐《あわれ》みの目（笑）で見てましたが？」

「おまえ、ちょっと剣貸してやるから、こいつらの死体を試し切りしてみろよ！　アホみたいに硬いから！　それをいとも容易《たやす》く両断したオレの凄さの片鱗がわかるから！」

「申し訳ございません。ナイフとフォークより重いものを持つのはちょっと……」

「メイドの台詞《せりふ》じゃねえ！」

どうしてもアークの強さを信じようとしないメイリに、ムキになって解説する。

「こうな？　力任せに斬るナマクラ剣技じゃなくて、速さと鋭さで断つ太刀筋とか体遣いってやつがあるのよ！　これが身に着くまで、クソ親父に何度も殴られて修正させられてただろ？　おまえも見てただろ？」

正確な体遣《フォーム》いを体に覚えさせるため、カタツムリが這《は》うような速度で剣を振る修行を、メイリの前で実演してみせる。

メイリも「ええ、見てましたね。憐みの目（笑）で」とまるでその時を再現するかのように、生温かい目つきになる。

「もういいっ。こいつらの素材を回収するから、ひろえ」

「申し訳ございません。ナイフとフォークより重いものを持つのはちょっと……」

「そのジョークももういいっ」

アークはわめきながら、落ちた魔物どもの首から角だけを斬り落とす。


魔物は死後も全身に強い魔力を残留させる。

だから皮を剝いでも骨を採っても、魔道具《アーティファクト》や霊薬《エリクサー》の触媒《しょくばい》に使える。

一方、魔物は体のどこか一部位に、特に強い魔力を宿す特質がある。

一角猪《ユニホーンボア》なら角《つの》、恐蜥蜴《ラプトル》なら爪《つめ》という具合だ。

「魔力凝縮素材」とも呼ばれるそれらは当然、他の部位よりも有用で稀少《きしょう》——高く売れる。

アークが角だけ斬り落としたのも、たった二人で死体を全部持って帰るのは不可能だから、効率を重視したわけである。


「あー、重い重い。追加のお手当はいただけるのでしょうか」

「ちゃんとやるから黙《だま》ってやれ」

下ろしたリュックへ角を入れながらブツクサ不平を鳴らすメイドに、アークは突っ立ったまま手伝いもせず命じる。

ところが——メイリがいきなり、角をひろう手を止めた。

「だからサボるな」とアークは言いかけて、呑《の》み込んだ。

メイリがじっとしたまま、尖った耳だけぴくぴくと動かしていたからだ。
「新手が来ます。大きくて……とてつもなく速い！」
メイリが真剣になって警告するが早いか、足音と風切り音がもう迫ってくる。
矛盾するようだが、重くて軽《かろ》やかな足音だった。
つまりは巨体を持ちつつも、俊敏《しゅんびん》に疾駆《しっく》できる膂力《りょりょく》があるということ。
ただそれだけで危険極まる存在だということ。

アークは慌ててそちらへ振り向き、剣を構えた。

馬よりも二回りは巨大な、ネコ科の猛獣《もうじゅう》が迫っていた。

闇《やみ》のような漆黒の体毛。
太く、それでいてしなやかに動く四肢《しし》。
爪牙《そうが》は一本一本が短剣のように長く鋭い。
しかし真に警戒すべきは別。
巨体に比して狭い額《ひたい》から、バチバチと放電していた。
魔物は足を止めるや、そこから激しく稲妻《いなづま》を打ち放った。
アークたちのすぐ足元へ着雷し、地面を黒焦《くろこ》げにした。

まずは一発、威嚇《いかく》をカマしてきた。

「こいつ、雷獣《ブリッツパンター》――いやこの巨体からして〝ヌシ〟か。雷獣公《らいじゅうこう》か！」

実物を見るのはアークも初めてだが、かつて文献で得た知識から類推する。

「おまえはそこから一歩も動くなよ、メイリ！」

「仰せに従いますが、それで怪我《けが》したら責任とってくださいね」

「そんだけ減らず口を叩ければ合格だ」

パニックになって逃げ出せば、その背中を稲妻に打たれるだろう。

が、メイリは大丈夫。

アークは安心して前に出る。

雷獣公の全ての注意を一身に引きつける。

同時にアークも魔物の目をひたと見据える。

雷獣公が凶猛にガン開きして圧をかけてくるが、絶対に視線を逸《そ》らさない。


一般に剣士は、戦う相手の「全身を一度に観る」修練を積む。

それで相手の肩の付け根や膝《ひざ》などから、剣を振る動作の出始めを観察できれば、その太刀筋《たちすじ》がどんなに速くても一寸先に見切ることができる。

だが剣聖マーカスは、アークにそうは指導しなかった。

なぜなら達人の域にある剣豪たちは、逆手《さかて》に取ってくるからだ。

動作の出始めが存在しない、特殊な体遣いや太刀筋を編み出しているからだ。

相手の「全身を一度に観る」癖《くせ》をつけていたら、それらの秘剣を逆に見切ることができないからだ。

ゆえに父マーカスはアークに教えた。

「相手の体の動きを読むな」と。

「読むべきは相手の心の動き」「ゆえに相手の目を観《み》ろ」と。


そのマーカス流の奥義《おうぎ》を、アークは実践《じっせん》していた。

雷獣公の目をひたと見据え、心の動きを観ていた。

どんなに強力でも所詮《しょせん》は畜生《ちくしょう》、手に取るように読める。

雷獣公は今、アークのことを舐めている。

無遠慮に近づいてくる愚《おろ》か者を懲《こ》らしめるため、稲妻で打ち据えてやろうと考えている。

(だから、ここ)

アークは横に一歩ズレる。

一瞬遅れて、さっきまでアークがいた場所に稲妻が落ちる。

人類が到達可能なスピードで、電撃を見てから避けることは不可能。

しかし魔物がいつ、どのように打ち放ってくるか——心の動きが読めていれば、こうして事前に動いてかわすことができる。

アークならば簡単にできる。

二度、三度、雷獣公が立て続けに稲妻を放ってくるが、尽《ことごと》く回避し、彼我《ひが》の距離を詰める。

まるで知人を訪ねるように。散策でもするみたいに。

のんびりと。優雅に。

肉薄された雷獣公がようやくアークのことを「危険」だと理解し、牙を剝《む》き、本気で跳びかかろうとするが——もう遅い。


「ま、こんなものか」


アークは機先を制し、剣を振るう。

雷獣公の太い首が刎ね飛ぶ。

アークは返り血さえ浴びずに、脇をのんびり抜けて残心。

「なるほど文献通りだ、〝ヌシ〟の強さもピンキリあるな。雷獣公《こいつ》はまともな騎士百人分ってところか」

アークにとっては一角猪と大差なかった。

◇◆◇◆◇

「よし、村に凱旋《がいせん》するぞ」

雷獣公を斃《たお》したアークは、今日はこれで満足した。

そしてリュックを背負ったメイリを連れて、真っ直ぐにテッカの工房を訪ねた。

〝ヌシ〟を平気で討伐《とうばつ》して帰ったアークのことを、彼女は目と口を真ん丸にする面白《おもしろ》い顔で出迎えた。

「まさかご領主サマがそのお若さで、これほどお強いとは……」

「ですよね。私も『口だけデカいクズ男』だとばかり思っていました」

「なんでメイリまでオレのこと見縊《みくび》ってんだよ！」

どこまで本気か憎まれ口か判断がつかず、アークは指を突きつけて批難《ひなん》した。

「とにかく、これでオレの『魔物を斃してガッポガッポ、村の食糧事情も一躍改善、女たちよ——美しく痩せろ。そしてオレに惚《ほ》れろ』作戦も絵に描いたパンじゃないってわかっただろ？」

「そしてオレに惚れろは愚者《ぐしゃ》の夢想では？」

「おまえこそいっつも一言よけいなんだよメイリ！」

メイリの切れ味鋭いツッコミに、アークは怒鳴《どな》る。

一方、テッカはしかつめらしい顔になって検討し、

「物を売るにもノウハウがございますわ。信頼のできる商人を見つけなくては、買《か》い叩《たた》かれてしまうことも」

「それくらいはオレも承知の上だ。足元を見られてなお、高値で売れると踏んでるんだよ」

剣術修行ばかりやらされてきたアークは、自分が世慣れてはいないことを理解している。

また書物から得た知識は所詮、生きた知識とはいえないことも。

だから知識を生かすために、常に頭を使い続けるよう心掛けている。

例えば今回なら、

「オレが魔物の素材を安定供給すれば、そのうち噂《うわさ》になって、商人どもがこぞってやってくるはずだ。そうしたら競売にかけられるし、オレたちに商才や販路《はんろ》がなくてももっと儲《もう》けられるようになるんじゃないか？」

「なるほど、これはわたくしの差し出口でしたわね」

「わかりゃいいんだ。そしてオレのことをもっと褒めろ」

「くふふっ。わたくし、ご領主サマのことがもっと大好きになりましたわ」

「オレもテッカのことは好きだぞ！　だから、これを下賜《かし》してやる」

アークはメイリに向かって横柄《おうへい》に顎をしゃくってみせる。

メイリはこちらをジトッと一瞥《いちべつ》した後、リュックから持ち帰った魔力凝縮素材を取り出し、テッカに丁重に差し出す。

「雷獣公の胆石《たんせき》だ。これでおまえの工房の炉を、改造するといい」

鉄鉱石からの製錬《せいれん》に、木炭を使うのではなく強力な雷の魔力を使うことで、遥《はる》かに純度が高く、しかも多量の鉄が得られるのだ。

「カウレスの本家でも〈雷錬炉《らいれんろ》〉を使ってるんだろ？」

「よくご存じですわね……」

（これは文献じゃなくて、クソ親父の受け売りだけどな）

父マーカスは重度の刀剣オタク、特にカウレス家が鍛《きた》える業物《わざもの》を好んでいた。

だからあの脳筋がカウレス家に対する知識は豊富で、よく蘊蓄《ウンチク》語りを聞かされたものだ。

そしてアークだってどうせなら、より優れた武具を使った方が気持ちいいに決まっている。

「こっちには雷獣公の爪もあるから、玉鋼《たまはがね》の触媒に使えるだろ？　それで剣を打って、オレに献上《けんじょう》しろよ、テッカ。その出来次第じゃ、オレ御用達《ごようたし》の鍛冶師にしてやる。おまえが本当にカウレス本家の奴らにも負けない腕前を持っているなら、これからもどんどん魔物の素材をとってきてやる」

「まあっ……鍛冶師として腕の鳴る、魅力的なご提案ですわね」

「だろうが？　おまえがオレの実力に見合う武具を鍛えることができるなら――剣聖《クソオヤジ》が使ったカウレスの剣がそうだったように――それら全部が伝説の武具になるってことだ。こんなド田舎で燻《くすぶ》ってないで、おまえを追放した本家の奴らを見返してやれ！」

「くふふっ、ご領主サマは大言壮語《たいげんそうご》がお好きですわね」

「違うな、オレは有言実行がモットーの男なんだよ。おまえはどうだ？　口だけの女か？」

「承知いたしましたわ。わたくしも有言実行の女であることを、御身《おんみ》に相応《ふさわ》しい剣を献上することで、証明してご覧に入れます」

テッカはそう言うなり、メイリから受けとった雷獣公の爪を、恭《うやうや》しく捧《ささ》げ持つようにする。

さらにアークの前で片膝《かたひざ》ついて、宣言する。

「その暁《あかつき》にはご領主サマ――いいえ、アーク様。わたくしを御身の専任鍛冶師にしてくださいませ」

「おう、オレをがっかりさせるなよ」

アークはニヤリと不敵に笑うと、満足して家路に就《つ》いた。

メイリがその後を追い、一度だけテッカに振り返り、ぺこりとお辞儀《じぎ》をする。

ともにアークに仕える同士、これからよろしくお願いいたします、という想《おも》いを込めて。


そう。

後にメイリは述懐《じゅっかい》している。

「この日、アーク様はサイト村で最初の直臣《じきしん》を得たのです」

と。

テッカの工房の改造は、一週間で完了した。

未《いま》だ村人に無視され続けているアークと違い、テッカは人望もあった。

なにせ鍋だの鍬《くわ》だの、サイト村にある金属製の日用必需品は、全《すべ》てテッカの手で作り出されたものなのだ。

そんな日ごろの感謝を込めてか、村の男たちが畑仕事の合間を縫《ぬ》っては、こぞって工事を手伝っていた。

おかげで落成は早かったし、その日はちょっとしたお祭り騒ぎになった。

アークはハブられたまんまだったけど。

「オレが雷獣公《らいじゅうこう》の胆石《たんせき》を持ち帰ったから、工房も新しくなったのに！」

「アーク様のご領地が、手始めに一歩発展したのですから、よしとすべきでしょう」

接収した領主館の窓から楽しそうな村の広場を眺《なが》め、地団駄《じだんだ》踏んでいたところをメイリに諭《さと》され、不承不承《ふしょうぶしょう》納得する。

こんな僻地《へきち》の小さな村に、王都でも一つしかない〈雷錬炉《らいれんろ》〉を持つ鍛冶《かじ》工房ができたのだから、確かに大発展には違いない。

「まあ、ある意味でオレが何も命令しなくても、村人どもが率先して馬車馬のように働いて、オレのための工房を改築したってことだから、溜飲《りゅういん》を下げてやるか」

と、だんだん気分がよくなってくる。

メイリの冷たい眼差《まなざ》しが横顔に刺さったけれど。


なおこの一週間、アークは毎日〝魔の森〟に出かけては、魔物退治を続けていた。

針兎《ヘッジヘア》の毛皮やら化蜘蛛《タランテユラ》の糸やら、魔力凝縮素材を持ち帰っては屋敷に保管していた。

テッカとミィの話では、こんなド田舎村にも月に一度は、隊商《キャラバン》が立ち寄るらしい。

だから、そいつらにまとめて売るつもりだった。

そして、買い物に群《むら》がる村人どもの前で、大金を稼《かせ》ぐところを見せつけてやるつもりだった。


「あいつらがオレを見る目も変わるだろう！　その上でオレはキャラバンから大量のまともな食材を買い付け、村人どもに施《ほどこ》してやる！　その時、あいつらがどんな顔でオレに感謝するか、今から楽しみだな！」

「やることは間違いなく善行なのに、こんなに感謝の気持ちが芽生えてこないのはどうしてでしょうね」

「そりゃおまえが恩知らずだからだ」

「アーク様は恥知らずですけどね」

「なんだと⁉」

と――そんな口ゲンカをしているうちに、さらに三日が経《た》った。

その間にテッカは〈雷錬炉〉を試し、さらに献上品の剣を完成させて、領主館まで持参した。

鞘《さや》まで美しい逸品で、刀身は鏡の如《ごと》く磨き抜かれている。

一目で気に入った！

しかも惚《ほ》れ惚《ぼ》れしながら検《あらた》めるようにゆっくり抜くと、白刃《はくじん》の上を雷の魔力がパリパリと走るのだ。

「〈稲妻の魔剣〉とでも銘《めい》付けましょうか」

「地味な名前だな、テッカ。オレに相応《ふさわ》しい華美な銘にしろ」

「では〈華々《はなばな》しき稲妻の魔剣〉と」

「気に入った！」

「……それでいいんですか」

詩文センスのなさをメイリにツッコまれるが、魔剣に見惚《みと》れているアークには聞こえていなかった。

ウキウキと庭に出て、試し切りを行う。

「アーク様のご注文通り、鞘《さや》から剣を引き抜く時の速度に比例し、刀身がまとう魔力《いなずま》の量が増えるように仕立てました」

「どれどれ」

積まれていた薪《まき》を一本、無造作《むぞうさ》に宙へ放ると、右手一本で抜き打ちにする。

薪は音もなく両断され、さらに雷の魔力で炎上した。

前者はアークの技量と剣の切れ味が合わさった、満足のいく結果。

後者は火の点《つ》きが少し物足りない。

「どれだけの速さで抜けば、どれくらいの雷気を帯びるか、調整する練習が必要だな」

「あまり速く抜きすぎますと、アーク様ご自身にまで害が及びかねない、諸刃《もろは》の剣となりますのでお気を付けを」

「それはますますオレ好みだ」

じゃじゃ馬を馴《な》らすように、使いこなしてみせるとアークは気を吐く。

「テッカ。約束通り、オレの専任鍛冶師にしてやる」

「光栄ですわ」

テッカは嫣然《えんぜん》と微笑《ほほえ》むと、恭《うやうや》しく一礼した。

「つきましてはアーク様。このめでたき日を祝し、一席お付き合い願えませんか？」

「む。酒か」

「工房の改築の方も、村の皆様には祝っていただきましたが、アーク様にはまだお祝いしていただいておりませんし」

「でも酒はなあ」

「まさかお弱いんですの？」

「そんなわけあるかコラいくらでも勝負してやんぞコラ絶対潰《つぶ》してやんぞコラ起きたら朝チュンだからなコラ」

「またそんな見栄を張って……」

とメイリにツッコまれた通り、実はお弱いのである。酒に。

葡萄酒《ぶどうしゅ》だったら（遥か後世でいうところのアルコール度数が低いため）少量を味わって飲むのはむしろ好きまである。

しかしこの国で一般的に庶民《しょみん》に嗜《たしな》まれている、サロマ芋の焼酎《しょうちゅう》なんかは無理。宿酔《ふつかよ》い確定。

そしてサイト村にも酒場は一件だけだがあって、娯楽《ごらく》の乏《とぼ》しい辺境村だからこそ賑わっていることも知っていたのだが——貧しい辺境村だからこそ、どうせ安焼酎しか置いてないだろうと思い込んでいた。

ところが、

「葡萄酒も扱ってますわよ。伯爵家《はくしゃくけ》で生まれ育ったアーク様のお口に合うかどうかはわかりませんが、安物とは思えない美味ですわ。店主がどこから仕入れてくるのかと常々、不思議に思っておりますの」

「ほう。それは興味が出てきたな」

アークは祝いの席を設けてやることにした。

◇◆◇◆◇

ミィも誘って真昼間から酒場へ赴《おもむ》き、四人掛けのテーブルを囲む。

ちょうど昼食時で、店内は九分入りの盛況だった。まだ畑仕事があるだろうに、ちょっと一杯引っかけている者も少なくない。

「無礼講だ。メイリも座って飲むといい」

「ありがとうございます」

本来なら主の後ろへ控えるべきメイドに命じると、素直に感謝して席に着いた。

葡萄酒を四人分注文すると、老店主の孫らしい給仕娘が運んでくる。

アークは半信半疑どころか、二信八疑くらいで錫製《すずせい》の杯に口をつけるが、

（む……。確かに安物なりに美味《うま》い）

王都を追放されてもうすぐ一月、久しぶりに舌を満足させられる。

ついうれしくなってグイグイ飲んで、杯半分でもう赤ら顔になる。

「ワハハ、樽《たる》ごと持ってこい！」

早や気が大きくなってわめくアークの醜態《しゅうたい》に、メイリは半眼、テッカとミィは苦笑い。

一方、酔っ払いの戯言《ざれごと》は真に受けずも、店主が普通にお代わりを持ってくる。

場末の安酒場には似つかわしくない、上品な風情《ふぜい》の老人だ。

人相がよく、糸目がなんとも温和な笑顔に見える。

そんな老店主を間近《まぢか》で目の当《あ》たりにし――アークは思わず腰を浮かした。

「テムリス！　テムリスではないか！」

親しいというほどではないが、面識のある相手だった。

王都で一番の大商会を営んでいた、やり手の商人だ。

城やあちこちの貴族の屋敷で催される晩餐会《ばんさんかい》や園遊会で、よく見かけたし挨拶《あいさつ》を交わしたこともあった。

だが一昨年あたりから、全く見かけなくなった。

彼の商会も潰されたと聞いた。

テムリスは後ろ暗い商売にも手を染めていたし、貴族相手の金貸し業も営んでいた。

王都に拠点《きょてん》を置く商会なら当たり前のことだが、テムリスはやり手ゆえに規模も大きかった。

それで借金を踏み倒したい大貴族たちが共謀して、テムリスの褒《ほ》められない商売を槍玉《やりだま》に挙げて、商会ごと罪に問うたのだという。

その後のテムリスの行方《ゆくえ》はとんと聞かなかったが――今ここで再会できたということは、この老人もまた王都を追放されていたに違いない。


(悪いがオレにとっては超ラッキー!)

魔物の素材を売り捌くのに、ちょうど商才のある者が欲しかったところだ。

しかしアークがどう口説《くど》こうかと考えている間に、老人はこう答えた。

「はて? 確かに私の名はテムリスですが、どこかでお会いいたしましたかなあ?」

「…………」

空惚《そらとぼ》けたテムリスに、アークは何も言えなかった。

自分だとて流刑《るけい》に遭《あ》い、再起を誓っているものの、今のまだ落ちぶれた姿を昔の知人に見られたら、恥ずかしくて死にたい。

ましてテムリスはこんな場末の酒場を細々とやっている以上、再起の目途《めど》や野心も持ち合わせていないのだろう。

(値ごろな葡萄酒も仕入れてくるはずだ。テムリスの商才なら赤子の手をひねるようなものだ)

もはやこの老人にとって、この程度のことが在りし日の栄光の残滓《ざんし》なのである。

昔は糸目の奥にある、ギラついた目つきを隠し切れない男だったが、今は見る影もない。どこにでもいる好々爺《こうこうや》だ。

「ですがお客様がそう仰《おっしゃ》られるなら、きっとお会いしたことがあるのでしょうなあ。この一杯は私からの奢《おご》りとさせていただきます。ぜひ今後ともご贔屓《ひいき》に」

テムリスはそう言って、厨房《ちゅうぼう》に引っ込んでいった。

まだ残っている彼の粋《いき》な心意気であり、同時に口止め料でもあった。

(惜しい……)

新しい杯になみなみと注《そそ》がれた葡萄酒を、アークはじっと凝視《ぎょうし》した。

しばし熟考した。

そして決断と宣言をした。

「明日、オレは『山』に行く――黄金竜を斃《たお》してくる」

それは二百年前、軍隊すら全滅させたという〝ヌシ〟の中の〝ヌシ〟の名。

「「「は……？」」」

メイリが、テッカが、ミィが、「いきなりナニ言い出すのこの人⁉」とばかりに愕然《がくぜん》となっていた。

その一方でアークの討伐《とうばつ》宣言を聞き、メイリたち以上に過剰反応する者たちがいた。

すぐ隣のテーブルで飲んでいた、四人組のチンピラ農夫たちである。

「ぶはは、聞いたか？　黄金竜を斃すだってよ！」

「できるわけねーだろ。バカジャネーノ」

「貴族の坊ちゃんってのは、なんでもワガママが通るって思ってるんだろうねえ」

「あれだろ？　黄金竜に『手加減しろ』って命令したら、してくれるって思ってんだろ？」

と、言いたい放題にしてくれた。

アークを新領主だと知った上で、毛嫌いする村民感情からの暴言であろうし、酒も少し入っているようだった。

（よし、手打ちにするか！）

アークが腰の魔剣に手をかけた途端《とたん》、その上にミィがサッと手を重ね、メイリが自重を促すように肩を押さえた。

アークは舌打ち一つ、仕方なく口で攻撃する。

「おい、愚民《ぐみん》ども。オマエラそこまでご領主サマをバカにし腐っておいて、もしオレが本当に黄金竜を討伐したら、どうしてくれるんだ？　不敬罪じゃすまさねえぞ？」

「グミンだあ？　落ちぶれ貴族が偉そうに！」

「もし黄金竜をぶっ殺すことができたら、おれの可愛《かわい》い娘を●●●●させてやるよ」

「テメエこそ逃げるなよ、領主？　ちゃんとドラゴンに挑《いど》んで死んでこいよ？」

「ぶはは、そいつぁせいせいすらあ！」

「よし、オマエらの顔は憶《おぼ》えたからな。吐いたツバ、呑《の》まんとけよ」

どっちがチンピラかわからない言葉遣いで罵《のの》り合う元伯爵家の若様に、メイリ、テッカ、ミィの三人が白い目を向ける。

アークは気にせず、さらに悪口雑言《あっこうぞうごん》の限りでチンピラどもを罵倒《ばとう》し倒してやろうと思ったが――

「そこまでにしておけよ。食事の邪魔だし、要《い》らんケンカを売るのは低脳の所業だぞ」

と、呆《あき》れ声でチンピラたちを窘《たしな》める者がいた。

奥のテーブルで、一人で昼食をとっていた男だ。

枯れ木のように痩《や》せ、年は二十代の後半くらい。

しかし老成された、底知れない迫力を感じさせる。

チンピラどもも彼を畏《おそ》れている様子で、

「す、すみません、ケインズ先生っ」

「おいらぁただ貴族憎しで、決してお食事の邪魔をするつもりなんてっ」

「今すぐ退散しますっ」

と自分たちもまだ食べ終わっていないのに、次々と席を立って逃げていった。

このケインズという男に睨《にら》まれたら、まるでサイト村で生きてはいけないとばかりの恐がりっぷりである。

(何者だ?)

とアークも興味が出て、値踏みする。


先生と呼ばれるからには、なにがしかの知識階層なのだろう。

サロマ芋を使ったメニューが大半のこの店で、兎《うさぎ》のエサのような野菜料理をわざわざ高い金を出してまで食べていることから、それなりに富裕なのがわかる(痩せているはずだ!)。

注目すべきは、ケインズが自分のテーブルに立てかけている、先端がねじ曲がった木の杖《つえ》。

足腰が悪そうには見えないし、もしかしたら魔術師たちが使う魔法の杖《マジックスタッフ》かもしれない。

その見立てがビンゴで、

「魔術師ケインズですわ」

「村じゃ薬草師の代わりもやってるニャー。みんなケガやビョーキの時は、世話になるニャー」

とテッカたちが小声で教えてくれる。

なるほど、それは貧しい村なりに儲《もう》かりそうだし、チンピラどもが恐れ入るはずだ。

「魔術師先生がこんなド辺境にいるとはな。まあ、あいつも追放されたクチなんだろうが」

「ええ。なんでも王都の魔術師ギルドでは、若き天才と呼ばれていたとか。でも処世術なんて知らない男で、ギルド長が唱えた論理を真っ向否定した挙句《あげく》に、低脳呼ばわりして逆鱗《げきりん》に触れて、ギルドを追放されてしまったという話ですわ」

「ケインズは天才だから、きっとおエライさんには目障《めざわ》りだったのニャ。よっぽど世渡り上手じゃなきゃ、出る杭は打たれるものニャ」

と実際に打たれた杭の二人が、同情的な口調で説明した。

一方、ケインズは食事を終えて席を立つと、アークの傍《そば》までやってくる。

「さっきの品のない奴《やつ》らが、インネンつけて悪かったな。村を代表して謝るわ」

「別に魔術師先生がけしかけたわけじゃないだろ？」

「そうだな。ただ、俺《おれ》も『この村に領主なんか要らない』と思っている一人だが、おまえのことは今のところ評価している。だから、さっきの奴らの態度はナイと考えたわけだ」

「へえ？」

「最初に出迎えに来いって言った以降は、おまえは何も俺たちに命令してこない。ぜひ、これからもそうしてくれ。領主《おまえ》と村人《おれたち》で、お互い空気のように不干渉《ふかんしょう》でいるなら、こんなにめでたいことはない。それなら領主《おまえ》がこの村に住んでいても、別に問題はない」

「だから逆にさっきのチンピラどもが、オレの気分を害したのは、相互不干渉の関係が崩《くず》れるから困る。村を代表して謝る。そういうことか」

「ああ。揉《も》め事《ごと》も荒事《あらごと》もごめんだ。邪魔な領主なら排除するしかないが、誰《だれ》も好き好んでやりたいわけじゃない。どうか俺たちに、そんな真似《まね》はさせないでくれ」

「処世術なんか知らない男だって聞いたが、随分《ずいぶん》と違うな」

「俺も高い授業料を払って、学んだのさ」

（ただ牙《きば》が折られただけだろ）

アークはそう思ったが、ケインズがオトナな態度を示している以上、こっちからケンカを売ったらガキっぽくて負けに思えたので、自分もオトナぶることにした。

だから口をつぐんでいると、ケインズが話を続けて、

「それとこれはあくまで忠告として聞いて欲しいんだが、黄金竜の縄張《なわば》りに入るのはやめた方がいい。あいつは並の魔物じゃない。例えば二百年前、初代国王が――」

「ああ、先生。忠告と講義は間に合っている」

「そうか？　……いやそうだな、これも干渉か。わかった、俺の差し出口だった」

ケインズはまたわびると、今度こそ酒場を立ち去った。

「どいつもこいつもオレが勝てねえって決めつけやがって」

ケインズに悪意はなかったから許してやったが、腹立たしいことこの上ない。

「久々にキレちまったよ。こうなったら何が何でも黄金竜を狩って、全員の鼻を明かしてやる」

「アーク様はしょっちゅうキレてるじゃないですか」

「どうかお考え直しくださいませ。お命を大事にしてくださいませ」

「アークくんもラブ&ピースに生きるニャ」

「うるせえ！　おまえらも黄金竜を狩って帰ったオレに、惚れ直す心の準備しとけよ！　巨乳はお断りだってフッてやっから！」

メイリたちに止められれば止められるほど、ますます意固地になるアークだった。

◇◆◇◆◇

「今日は絶対ついてくんなよ、メイリ。さすがに守ってやる余裕ねえからな」

「……もし勝てないってわかったら、ちゃんと逃げてくださいよ？」

「わかってるよ。プライドより自分の命の方が大事だからな。オレの性格は知ってるだろ？」

「……アーク様はクズですもんね」

本気で心配しているからか、メイリのツッコミにもいつものキレがない。

アークは道中分の弁当だけ受け取って、意気揚々と屋敷を出発した。

一晩経った、早朝のことである。

「ぶっちゃけあの山まで歩くのが、一番面倒だわ」

そんな風に道中ずっとぼやき、愚痴《ぐち》りながら、延々と歩き続ける。

軍隊すら全滅させたという〝ヌシ〟と、戦うことへの恐怖や緊張感などは皆無。

昔からメンタルの強さは、誰にも負けない自信があった。

途中で弁当を平らげ、山に入る。

入ったら入ったで、今度は登山しながら黄金竜を探し出すのが面倒。

——と思っていたら杞憂《きゆう》だった。

耳を聾《ろう》する巨大な足音とともに、あちらさんから襲撃に来てくれたのだ。

「なるほど、縄張りに入った奴絶対許さないマンか。そら入るなってケインズも警告するわ」

アークは不敵に微笑むと、腰の物を抜く。

〈華々しき稲妻の魔剣〉を両手に構え、迫る黄金竜と対峙《たいじ》する。


相手は凄《すさ》まじい巨体だった。

まだ遠く、伏せたような格好でさえ、見上げなければならないほど。

長い首をもたげれば、体高がいったい何十メートルに達するのか想像もつかない。

四肢《しし》は短いが太く、怪力で、木々を根こそぎ蹴《け》散《ち》らしながらやってくる。

ものの文献《ぶんけん》通り、全身ほぼ純金でできているなら、重量は途方もないだろう。

だから恐らくこの竜は空を飛べない。

羽も巨体に比してとても小さく、退化している。

無論のこと、それが侮《あなど》る理由になりはしない。

これほどの巨体が地上を暴《あば》れ回れば、ちっぽけなアークなど足踏みがかすめただけで、衝撃で吹き飛ばされるだろう。

だからアークは大げさなほど横に跳んで、黄金竜の突進を回避する。

適当に振り回された尻尾《しっぽ》でさえ、その先端は恐るべき速度で迫り、喰《く》らえば一撃でバラバラにされてしまうだろう。

だからアークはまずは専守防衛に徹し、黄金竜の爪牙《そうが》や尻尾の間合いを測り、攻撃の癖《くせ》を見極め、目を観て心の動きを読む。


「ま、こんなものか」


そして早や見切るや、攻勢に転じる。

巨大な尻尾の横薙《な》ぎを掻《か》い潜《くぐ》り、振り下ろされた爪《つめ》の一撃を跳んでよけると同時に、右前肢を足場に使って駆け上がる。

背中まで上ると、魔剣を叩《たた》きつける。

黄金でできた体は、さすが生身に比べてとてつもなく硬い。

が、金属としては柔らかく、アークの剣技ならば断つのは容易。

ただし、この巨体だ。刀身の半ばが入るまで深く斬りつけた格好でも、黄金竜からすればかすり傷程度のことであろう。

「いい剣だ、テッカ。こいつがなかったらさすがのオレも、挑《いど》もうとは考えなかったな」

滅多《めった》に人を褒めないアークが、追放鍛冶師と彼女が献上した謹製の魔剣を褒め上げる。


その「かすり傷程度」で、黄金竜が苦しみ絶叫していた。

魔剣の刀身が帯びた、強力な雷の魔力の仕業《しわざ》である。

金というのは、電気の伝導率が非常に高い。

そして全身ほとんどが黄金でできているこの竜も、内臓器官は肉でできている。

ゆえに「かすり傷」から注入された電撃が、巨体を伝って内臓各所まで届き、さしもの黄金竜も激痛に耐えられなかったのである。


「GUGAGOOOOOOOOOOOOOOOOOOOON!」

のたうち、暴れる黄金竜。

アークもその背に立っていられず、軽《かろ》やかに跳び下りる。

黄金竜が鎌首《かまくび》をもたげ、怒りで真《ま》っ赤《か》に燃えた瞳《ひとみ》をこちらに向ける。

常人なら恐怖で身が竦《すく》んだかもしれない。

しかしアークからすれば、憤怒《ふんぬ》で我を忘れたその状態は、まさにカモ。ますます心の動きを読みやすい。

尻尾の一撃をかわしては一太刀、迫る顎門《あぎと》をかわしては二太刀と、手痛いカウンターをお見舞いしまくる。

「オイオイ、どうした？　ただバカでっかいだけのトカゲじゃないんだろ？　もっと底を見せてみろよ、底を！」

嘲笑《ちょうしょう》とともに挑発するアーク。

ものの文献によれば、ドラゴンどもは人間の言葉を解する知能があるらしい。

そして、強烈なブレスを吐く。

「SHYAAAAAAAAAAAAAAAA!!」

黄金竜がこれでもかと顎門を開くと、そこから烈火を迸《ほとばし》らせた。

とんでもない火勢だ。

前方一帯の森を焼き払い、百近い木々を一気に炎上させる。

喰らえば、アークなど一瞬で灰燼《かいじん》と帰していただろう。

あくまで喰らえばの話で、とっくに黄金竜の喉元《のどもと》にもぐり込んで、猛火の吐息をやりすごすと同時に一撃お返ししていたのだが。

「初代国王もバカだな！　こいつは軍隊を連れていけば勝てるって奴じゃねえ。むしろ軍隊じゃあ絶対に勝てねえ」

たとえ一万人で攻めかかったところで、今のブレスを喰らえば戦死者続出、戦意消失、壊走を始めたところにブレスを乱射されて、全滅必至だ。

逆にアークは一万の兵と戦い、勝てる自信はない（当たり前すぎて認めるのに抵抗もないが）。

「でも、黄金竜《おまえ》にゃ負ける気はしねえわ！」

鎌首をもたげた黄金竜がアークを見る目に――怯《おび》えの色が、わずかに混じった。

◇◆◇◆◇

アークと黄金竜の激闘を、密かに見守る者がいた。

「すごいニャ、アークくん……」

と――一際《ひときわ》背の高い木の上から見物し、脱帽しているのはミィだった。

こっそり後をつけてきていたのだ。

理由はシンプル、アークの身が心配だった。

そしてミィ以上に、メイリとテッカが心配で心配で堪《たま》らない様子で、朝から家の前をウロウロしていた。

そんな二人を見かねて、ミィが提案したのだ。

「もしアーク君が危険になったら、さらってでも連れ帰ってくるニャ。足の速さには自信があるニャ」

「あ、ありがとうございます、ミィ様っ」

「あなたが行ってくださるなら、頼りになりますわ」

「任せろニャ！」

と――気張ってきたはいいが、どうやら全くの杞憂だった。

アークのデタラメな強さに、ただただ舌を巻く想《おも》いだった。

同時に昔の血が騒いでならなかった。

ひたすらまだ見ぬ強敵を求め、王都で道場破りを繰り返していた時の、闘争心だ。

「ミィの中にまだ、こんな熱が燻《くすぶ》ってたなんてニャ……」

思えば剣聖マーカス・フィーンドのことは、噂《うわさ》は耳にすれど手合わせする機会がなかった。

会うことさえ難しければ、挑むことのできる身分ではなかった。

その一子相伝者であるというアークを見れば、どれほどの実力者だったか想像できた。

いや、そもそも弟子のアークでさえ、自分が初めて見る剣の怪物だった。

「――でも、ミィだって……！」

そう思った時には、体が勝手に動いていた。

自慢の体術と敏捷性《びんしょうせい》で、木から木へと飛び移り、戦場へと馳せ参じた。

「オイぃ、何しに来たんだミィ！」

「決まってるニャ！　加勢するニャ！」

驚くアークにウインク一つ、黄金竜へとまっしぐらに突撃する。

そんなミィを巨大な〝ヌシ〟は煩《わずら》わしそうに、尻尾による打擲《ちょうちゃく》で追い払おうとした。

しかしあっさりと回避し、掻《か》い潜《くぐ》って距離を詰める。

黄金竜が本気になって爪を振るうが、結果は同じ。ミィの影さえかすらせない。

この国の武人たちは一般に、剣や槍を巧《うま》く扱うことばかりに注力する。

しかしミィたち拳法家は、歩法を重視する。

アークもまた——師の教えが優れているのだろう——足捌《フットワーク》きが巧《たく》みだった。

普段は泰然《たいぜん》と構え、のんびりと歩き、そこから一気に加速する、緩急《かんきゅう》の付け方が良い。

だけど歩法に関してだけなら、ミィの方が上手だった。

猫人《ケットシー》特有の足腰のバネを活かし、絶えずフットワークを駆使する。

緩急の落差が尋常ではなく、常人の目には残像さえ映るだろうほどだ。


アークが先に黄金竜との戦い方を示してくれたこともあって、尻尾や爪牙による攻撃がどれだけ激しかろうとも、ミィは尽《ことごと》く回避し続ける。

もちろん、あの烈火のブレスの対処法だって、アークが見せてくれたから恐くない。

果敢に拳《こぶし》と蹴りで攻め立てる。

黄金竜の左前肢を——あたかも鑿《のみ》で削るが如く——ごりごりと抉《えぐ》っていく。

歩法を重視する拳法家だからこそ、まず相手の機動力を奪おうとする。

「やるじゃないか、ミィ！　ラブ&ピースはどこに行ったんだ?」

「あれはミィが間違ってたニャ！　人生に必要なのはキック&パンチだったニャ！」

「ハハハ、いいぞ。そいつは実にオレ好みだ！」

アークほどの武人に褒められ、バカみたいにうれしくなって、子供のように張り切って戦う！

◇◆◇◆◇

「いいぞ、いいぞ。おかげでオレも楽ができる」

黄金竜を手こずらせるミィの敢闘を、アークは絶賛した。

勝てる戦いは好きだ。

楽に勝てる戦いはもっと大好きだ。

ミィの参戦のおかげで、前者が後者に変わった。

「領主ってのは忙しい身でな。時短で行かせてもらうぜ」

黄金竜がミィの対処でかかりきりになっている隙《すき》に、アークは気配を忍ばせる。

そして剣を鞘に納め――そのまま構えた。


この世界には、霊力という力の源《エネルギー》が存在する。

他に魔力、闘気、オーラ等々、呼ばれ方は様々だ。

しかし本質は一緒だ。

父マーカスなどは根性《ガッツ》と呼んでいた。

全ての生命は、霊力を宿している。

魔物は特にそれが顕著《けんちょ》なだけで――人間でも昆虫でも――大小の差はあれ必ずだ。

人が意識して手を動かすことができるのは、霊力のおかげだ。

無意識に心臓を動かしているのも、霊力だ。

筋肉は媒体《ばいたい》にすぎない。だって死体はもう動かない。筋肉は残っているのに。


だが人間は魔物と違い、霊力を五感で認識することができない。

ゆえに多くの人間は、霊力そのものの存在にも扱いにも無自覚だ。

例外は魔術師に類する者たち。彼らは修練により霊力（魔力）を自覚的に操《あやつ》ることで、魔法という神秘の力を実現させる。

一方、その中間にいるのが達人と呼ばれる域の武人たちだ。

魔術師ほど自覚的ではなく、ただ経験則的に霊力を操る術を会得している。

例えばアークが父から学んだ、「力任せに斬るのではなく、速さと鋭さで断つ」太刀筋《たちすじ》や体遣い《からだづか》いがそれに当たる。

あれは実は霊力《エネルギー》を効率的に高めることで、超人的な斬撃を実現しているのである。

父マーカスは理屈を知らないままに、何十万回と剣を振る修業と実践の果てに、その境地に至り、独自の剣の術理とした。

アークは後に書物から、あくまで自然法則として、ちゃんと理屈が存在することを知った。

そして霊力は高め、操るだけではなく、爆発《ばくはつ》させる方法がある。

父マーカスはその手段もまた──理屈を知らないままに──修業と実践の果てに編み出し、必殺の秘剣とした。

今、アークが構えた抜刀術が、それだ。

納刀したまま左手で鞘を保持し、右手で柄《つか》をにぎり、右足を大きく前に踏み出し、極端な前傾姿勢で、呼吸を整える。

ここから放つ太刀筋を、何度も頭の中でなぞり、イメージトレーニングする。

鋼《はがね》と鋼を激しくこすり合わせ、その摩擦《まさつ》で火花が散るが如く──

己《おのれ》の肉体を軋《きし》ませるように剣を振り抜き、裡に宿る霊力を爆発させるのだ。

(クソ親父は一瞬で集中を完了させた。オレはまだまだ時間がかかる)

だけど必殺の威力だけなら、既《すで》に同等。

その時間だって、ミィが黄金竜の注意を惹《ひ》きつけてくれたおかげで充分に稼げた。

もちろん、当たらなくては意味がない。

だから黄金竜の目を観て、心の動きを読む。

マーカス流の全てはそこから始まる。

黄金竜が首を伸ばし、ミィに向けて噛《か》みつきかかり、アークに対しては側頭部をさらす──

ここ！

緩から急。静から動。

アークは一瞬で黄金竜の側頭へ肉薄すると、鞘から剣を抜き放った。

その神速の抜刀に応じ、〈華々しき稲妻の魔剣〉が激甚《げきじん》な雷気を迸らせた。

父から伝承した秘剣に、諸刃の剣とさえ化した業物《わざもの》の威力が合わさる。


以《も》って、黄金竜の首を斬って落とす。


まさに一刀必殺。

竜の巨大な首から夥《おびただ》しい鮮血が噴き出したが、アークはその場をのんびり離れる独特の残心で、返り血一滴浴びなかった。

「まあまあ、手こずっちまったなあ」

なんて台詞《せりふ》を吐いても、ミィに全くツッコまれない。

大言壮語《ビッグマウス》どころか有言実行——否、もはや奥ゆかしさすら感じさせるほどアークは凄《すさ》まじいことをやってのけたのだ。

まだ拳を構えたまま、唖然呆然《あぜんぼうぜん》となっているミィに、アークは好意十割の笑顔を向けて、

「助太刀、褒めて遣わそう。いずれボーナスはたっぷりやるから、楽しみにしてろ」

と太っ腹に請《う》け合う。

アークは確かにワガママ男だが、だからこそ「オレを大好きな奴」が好きなのは本音なのだ。

ミィの肩を馴れ馴れしく叩きながら黄金竜を指し、

「信じられるか？　この巨体のほとんどが金塊《きんかい》なんだぜ。全身売り捌《さば》いたら、いったいいくらになるか楽しみだなあ」

「結局、アークくんはお金目当てだったのかニャ？」

「そりゃもちろん。ただし正確には『莫大《ばくだい》な金塊』が目当てだな」

ようやく我に返ったミィに、アークは大きくうなずいてみせる。

皆の鼻を明かしてやりたいという気持ちが、最終的には前面に出てしまっていたが、そもそも狩ろうと思った発端はそれ。

「でも金塊って売り買いするのに、なんか免許が要るって聞いたことあるニャ」

「お、物知りだなあ。でもなんで免許制かまでは、知らないだろ？」

アークがもったいぶって訊《たず》ねると、ミィが素直にうなずいた。

「じゃあ酒場の店主のおじいさんに、教えてもらおうなあ。実地で」

自分がこの金塊を使って何をするつもりか、皆が知ったらどんな顔をするか、そしてその結果何が起こるか――

楽しみでならない、とアークは邪悪に微笑んだ。

◇◆◇◆◇

財務大臣アイランズには、バラ色の未来が待っているはずだった。

長年親友ヅラでつき合ったマーカス・フィーンドが死に、水面下で進めていた策略がついに成り、その領地を丸ごと奪い取ることができた。

領民どもを馬車馬のようにコキ使い、搾取《さくしゅ》し、己は酒池肉林の毎日を送る予定だった。

（なのに……なのに……どうしてこんなことになっている……っ！）

アイランズは脂汗《あぶらあせ》まみれになって机に突っ伏す。

王宮は歴代財務大臣の執務室。

アイランズにとってはまさに城ともいうべきその場所に、連日連夜報せが届いていた。

今もだ。

部下である文官たちが、血相を変えて飛び込んでくる。

金切り声になってわめく。

「出所不明の金塊が、市場に大量に出回っております！」

「もちろん金の流入自体は歓迎すべきことです。が、あまりに急激すぎるのです。おかげで物価が高騰《こうとう》し、市場が恐慌《きょうこう》を起こしてさらなる高騰を招くという悪循環に陥《おちい》っておりますっ」

「どうしてこんなになるまで放っておいたんだよ!?　誰かおかしいと思って食い止めろよ！」

「なんのために免許制にしてると思ってるんだっ」

「無理ですよ……っ。調査したところ十日ほど前に各地で、一斉に売りに出されたんですっ。王都だけでなくイジャラで、マヌセスで、ジンブルクで！」

「こんなのもはや同時多発テロだ！」

「ま、まさか他国の謀略か⁉」

「大臣閣下。制御できないほどの物価高騰は、すなわち我が国の貨幣価値そのものが毀損《きそん》されているということなのです」

「嗚呼《ああ》っ、このままではサロマンの市場が――いや、国の財政が破綻《はたん》してしまう……！」

「如何《いかが》しましょう、閣下！」

「大臣閣下！」

文官たちに詰め寄られ、アイランズは執務机の上で頭を抱えた。

脂汗が止まらなかった。

何か手を打てと言われても、何も思い浮かばない。

計数に強く、政治に明るいといっても、所詮は宮廷貴族の中では比較的にという話だ。

あくまで小物。賢《さか》しらなネズミ。

世に名を轟《とどろ》かせるような辣腕《らつわん》の大臣では決してない。

(宰相閣下《さいしょうかっか》や法相閣下《ほうしょう》にせっせと賄賂《わいろ》を贈り続けて、ようやくつかんだこの地位なのに。どうして私の任期中に、こんな前代未聞の事件が起きる⁉)

この不運《ヽヽ》を、いったい誰に向かって呪えばいいのか。

神か。

それとも悪魔か。

「誰かっ。何か打開策はないのかっ」

結局、部下たちに当たり散らすことしかできないアイランズ。

しかし、まるで無為。

どいつもこいつも互いに顔を見合わせるばかりで、クソの役にも立たない。

実力よりもコネが優先されがちな宮廷人事で、今の役職に就いているという点では、アイランズと大同小異の連中なのだ。

少しは知恵の回る者がいても――未だ各国が金貨本位制を敷き、まともな銀行は生まれておらず、国債《こくさい》の類にも信用が置かれていないこの時代に――解決策を閃《ひらめ》く秀才などいやしない。

執務室内はさながら市場の鏡写しの如く、混乱と恐慌を極めていた。


そんな最悪の空気の中へ――

「法相閣下より、書状を預かって参りました」

使いの文官が法務大臣モラクサの威光を笠《かさ》に、横柄《おうへい》な態度でやってきた。

アイランズはひったくるように封筒を受け取ると、中身を検《あらた》める。

『一日も早く問題を解決しろ。

財務大臣に相応しい手腕に期待をしている。

貴様を宰相閣下に推薦《すいせん》してやった私に、決して恥をかかせるな。

もしできなかったら――わかるな？』

要約すれば、そう書かれていた。

「…………私はもう終わりだ……」

アイランズは机に突っ伏し、半泣きになって喘《あえ》いだ。

◇◆◇◆◇

「アイランズの野郎、今ごろ卒倒《そっとう》してるだろうな！」

サイト村の酒場で葡萄酒をあおりながら、アークはゲラゲラと嘲笑した。

自分を追放した憎っくき「宰相派」の、まずは一人目に復讐を果たして上機嫌だった。

店の看板は下ろされ、貸し切り状態。

同席しているのはメイリとテッカ、ミィ――そして老店主のテムリス。

元は王国一の大商会を営みながら、貴族の策謀と横暴により全てを奪われ、王都を追放された男は、アークの前で嘯《うそぶ》いてみせた。

「一度は全てを諦《あきら》めたこんな老人でも、ツテは残っておりましたからねえ。原資になるものさえあれば、商売なんざ私にとっては赤子の手をひねるよりも簡単ですよ」

そう、テムリスはアークの期待に見事に応《こた》えてくれた。

黄金竜の死体から伐り出したゴールドを元手に、大量の食材や嗜好品《しこうひん》、必需品――それも十年以上、備蓄《びちく》できるだけの――をサイト村へ持ち帰ってくれた。

アーク一人ではできないことをやってくれた。

金塊《ゴールド》の売り買いに国の免許が必要なのは、市場バランスが崩れるほどの一気流入を阻《はば》むため。

アークはそれを知っているからテムリスに命じ、莫大な量の金塊を王国各地に分散させて、一度に売りに出させたのだ。

王国が気づいた時には、もう遅い――そういう状況を作り上げたのだ。

もちろん、テムリスが王国各地の豪商たち（金売買の免許持ち）と面識を持ち、計画の全貌《ぜんぼう》を話した上でグルにできるだけの信頼を持っていたからこそ、可能な真似だ。

「私の予測では、国内市場はまだまだ混乱し、物価は果てしなく高騰します。より正しくは、混乱と恐慌を助長するよう昔の商売仲間たちと画策します。そして物価が上がり切ったところで備蓄している必需品を売れば、さらに稼げる」

糸目の、好々爺然《ぜん》とした男が、熱を秘めた口調で語る。

ほとんど閉じられた瞼《まぶた》の奥で、瞳をギラギラさせている。

アークが知っていたころのテムリスに、完璧《かんぺき》に戻っている。

「あなたをハメた貴族どもへの、復讐というわけですの？」

とテッカが呆れ顔で問えば、

「いえいえ。私の商会を潰すのに、財相閣下は一枚も噛んでおられませんでしたし、アイランズ卿《きょう》に恨《うら》みは一切《いっさい》ございませんよ？」

とテムリスはしれっと答える。

（これだ！　自分の復讐のためなら無関係な連中にも平気で災禍《さいか》を広げ、むしろ自分を助けなかった王国を恨み、滅ぼしかねない激情！　実にオレ好みの性格だ！）

とアークは呵々大笑《かかたいしょう》。

チャンスさえ与えてやれば折れた牙を取り戻すと、見込んで話を持ち掛けた、自分の目は間違っていなかった。

大満足である。

「テムリス。おまえをオレの御用商人にしてやろう！」

「ありがたき幸せです、アーク様。黄金を任せてくださった御身《おんみ》と、行き場のない私や孫を受け入れてくれたこの村への恩義を、残り短い人生を懸《か》けてお返しする所存です」

二人で席を立つと、テムリスがひざまずいて頭《こうべ》を垂れ、アークがその手をとって面《おもて》を上げさせる。

これだけ見れば、なんとも美しい主従の図だ。

「市場の混乱を画策って、そんなひどいこともうやめませんか？」

だがメイリが冷静に、ジト目になってツッコむ。

「オレたちを追放した国がどうなろうと知ったこっちゃないよなあ！」

「私はただただ大恩あるサイト村を豊かにするため、持てる商才を振り絞っているだけなのです。

天に誓って善行でございますとも」

アークとテムリスは全く悪びれることなく、分厚い面《つら》の皮で批難の視線を跳ね返す。

こういうところは完全に似た者同士だ。

さらには立ったまま乾杯まで始め、

「なあテムリス、隣国《りんごく》にもツテってないのか？　できれば王宮レベルで。サロマンへの輸出を禁止させたら、物価高騰がますます進んで面白《おもしろ》いことにならないか？」

「申し訳ございません。全面的な経済封鎖をさせられるほどのツテは、私にもございませんなあ。ですが一部でしたら、努力してみましょう」

「いいよ、いいよ。一部だけでもきっと効果あるよ！」

などと大盛り上がりする。

その様を女性陣が冷ややかな目で見ている。

「この悪魔ども」

「黄金竜をまさか本当に斃しちゃった、惚れ惚れするほどリッパなご領主なのにニャ……」

「テムリス老を得たアーク様は、まさしくナントカに刃物状態ですわねえ」

もちろんアークとテムリスは聞く耳を持たず、仕入れてきたばかりの二十七年物の葡萄酒を飲み干す。

「嗚呼、サイッッッコーに美味いな！」

サイト村「は」今日も平和だった。

【第三章】「野望」と書いて「ゆめ」と読むお話

それはアークが黄金竜を屠《ほふ》った、翌朝のことだった。

ベッドで目を覚ますと、眼前におっぱいがあった。

巨大な生乳があった。


「ファッ⁉」

びっくりして跳び起きようとしたが、一瞬早く頭を抱えられ、思いきり抱きしめられる。

深い谷間にアークの顔が埋《うず》まる。

（ぐおおおおおおおおおおおおおおおおおお⁉）

世の男ならば堪《たま》らないシチュエーションだが、性癖《せいへき》をこじらせたアークにとってはうれしくもなんともない。

スレンダー美女の浮き出たアバラ骨なら頬《ほお》ずりしたいし、口に収まる程度の「ちっぱい」なら頬張《ほおば》りたいが、これは違う！

というか顔面が柔らかいお肉に完全に埋まって、息も苦しくなってくる。

（巨乳の谷間で窒息死《ちっそくし》とか、オレにとっては考え得る限りのサイアクの死に方だ！）

なんとか顔を上げて息継ぎをしつつ、「離せ！」とわめく。

すると、

「……ニャ？　ふわぁぁ……おはようニャ、アークくん」

「おまえかミィィィィィィィ！」

独特の口調と声で犯人が特定でき、アークは批難《ひなん》で絶叫した。

逃げ出そうにも、ミィがまるでタコのようにヌメヌメからみついてきて、脱出不能なのだ。

如何《いか》にアークが剣聖《けんせい》の後継者とはいえ、既《すで》に密着状態となったこの体勢では、拳法の達人に敵《かな》う道理がない。

だから胸の谷間であっぷあっぷしながら、口での抗議を続けるしかない。

「なんでオレのベッドに潜り込んでるわけ⁉」

「？　三階の窓から、ジャンプしてだニャ」

「手段じゃなくて動機を聞いてんだよおおおおおっ」

「それはもちろん、アークくんのことが好きになっちゃったからだニャ」

「ハアァァァァ⁉」

アークは自分がモテることに一切《いっさい》の疑いを持っていない男（なお実例ゼロ）ではあるが、ミィは今まで一度もそんな素振りは見せてなかったので、この急変化に驚きしかない。

「納得のいくように説明しろ！」

「も〜〜〜、アークくんはヤボだニャ。そんなんじゃミィ以外にモテないニャ」

とミィはぼやきつつも――惚《ほ》れた男の頼みだからか――ちゃんと教えてくれる。

「ミィは師匠だったお祖父《じい》ちゃん以外に、ミィより強い男に会ったことがないニャ」

「まあ、おまえの拳法の腕前だったら、そらそうだわな」

「でも黄金竜と戦うアークくんを見て、生まれて初めて胸がドキドキしたニャ！」

「あー……そういう……」

「道理でミィはどんなイケメンを見ても、一度もグッと来なかったはずニャ。『ミィより強い男がタイプ』だったなんて、自分でも初めて知ったニャ。アークくんが教えてくれたニャ。危うく恋愛に興味がない女だって誤解し続けるところだったニャ」

「そのまま誤解しとけばよかったのに……」

「というわけでミィの求愛を受け容れて欲しいニャ！」

「オレは確かに『オレを大好きな奴』が好きだけど、そういう『好き』じゃねえんだよ！」

「だから、このままミィとイチャイチャしようニャ～。おふとんデートしようニャ～」

「せめて瘦《や》せてから出直してこい！」

「人生に大事なのはラブ&●ックスだと悟《さと》ったニャ！」

「サイテーだぞおまえっっっ」

などと激論を交わしていると――寝室のドアがノックもなしに開いた。

主《あるじ》を起こしに来た、メイリが顔を出した。

ベッドで揉《も》み合《あ》っている二人に気づいて、アークを見る目が軽蔑《けいべつ》の色に染まり果てた。

「女なら誰《だれ》でもよかったんですね——似非《えせ》巨乳嫌い」

「似非巨乳嫌い⁉」

こんなにひどい誹謗中傷《ひぼうちゅうしょう》を受けたことが、アークの人生にあっただろうか！

「大丈夫ニャ。ミィがおっぱいのよさを、これからたっぷり教えてあげるニャ」

「朝っぱらからお盛んですね。じゃ、ごゆっくり」

「助けてくれえええええっ」

乱暴に閉められたドアに向けて、アークは虚《むな》しく手を伸ばした。

◇◆◇◆◇

と——そういう事件が、半月前にあったのだ。

アークがキレ散らかしておいたからか、あれからミィがベッドにもぐり込んできたことは、一度もない。

でもふとした瞬間目が合うと、ウインクしてきたり、投げキッスを飛ばしてきたりと、求愛行動が続いた。

そういう時、ミィは周りに悟られないようにこっそりやるので、なんだか秘密の関係を共有しているような背徳感があって、これは正直グッときた。

初恋だと言っていたくせに、妙に手管《てくだ》に長《た》けているのは、恋愛巧者だらけと評判の猫人《ケットシー》の血のな

せる業《わざ》か。

一方で、スキンシップもあからさまに増えた。隙《すき》あらばおっぱい当ててきた。

もしアークが本当に似非巨乳嫌いだったら、とっくに悩殺されていただろう。

「なんだか妙な関係になっちまったなあ……」

「と鼻の下を伸ばしながら仰《おっしゃ》られても」

領主館で朝食をとりつつ、ふと漏《も》らしたぼやきに、メイリの冤罪《えんざい》ツッコミが入る。

テムリスがまともな食材をどっさり持ち帰ってくれて、久方ぶりにサロマ芋メインじゃない朝餉《あさげ》を有能メイドが作ってくれたというのに、これでは楽しむどころじゃない。

「いつオレがデレデレしたよ！　ミィはオレの好みじゃないっつってるだろ！」

「と必死になるのが逆に怪しいわけで」

「オレは理想が高い男なの。妥協は絶対にしないの。巨乳が我慢できるなら、おまえのことだってとっくに手を出してるっつーの！」

「なんと。次は私を毒牙にかける宣言ですか。鬼畜《きちく》ですね」

「……とにかく真面目《まじめ》な話、オレの性格はよく知ってるだろ？　押し倒してない時点で察しろ」

「とにかく真面目な話、ミィ様はステキな女性ですし。アーク様が満更《まんざら》でもないなら、応援いたしますけどね」

「だから満更でもあるっつーの！」

今日も今日とてメイリとギャーギャー口喧嘩《くちげんか》しつつ、健康的な朝餉を食べ終える。

すると、ちょうど見計らったように来客があった。

テッカだ。

「アーク様にご紹介したい者がおりますの」

と珍しいことを言い出す。

「ほう。オレは領主だからな！　本来は誰彼構わず面会できる身分ではないが、他でもないテッカの頼みならば会ってやらんでもない」

とアークは恩着せがましく許可をした。

応接室のことである。

紅茶を淹《い》れてきたメイリに「魔物退治以外することないって、どうせ暇《ひま》を持て余してるじゃないですか」とツッコまれ、「余計なことをバラすな！」と睨《にら》み返す。

テッカは苦笑いを浮かべるだけで、聞こえなかったふりをしてくれつつ、

「ありがとうございます、アーク様。では今日の魔物退治が終わったころを見計らい、連れて参りますわ」

「うむ。ちなみに何者なのだ？」

「実はアーク様にメイドとして、ご奉公したいと申しておる娘がおりまして」

「メイドなあ。現状、こいつ一人で充分なんだよなあ」

と今も卒なく紅茶をサーブしている、超有能ハーフエルフを一瞥《いちべつ》する。

それは全《まった》き本音だったのだが、

「アーク様は私の価値を、さすがよくわかっていらっしゃいますね」

とメイリがフフンと得意げにする様にイラッと来て、

「給金をケチりたいだけだぞ」

と心にもない憎まれ口を叩《たた》く。

「あらあら、まあまあ。そういうことにしておいて差し上げますね。フフン」

「イラッ」

まだ得意げなまま、さらにこちらを見透かしたような態度をとるメイドに、アークは額《ひたい》にぶっとい青筋を浮かべる。

「なんだかもう一人、メイドが欲しくなってきたなあ～。こいつほど仕事はできなくてもいいから、こいつと違って心が真《ま》っ直《す》ぐで美しいメイドはいないかなあ～」

「もちろんご紹介したい娘は、とても素直で愛らしいですわよ」

「ほうほう！」

「加えて、とてもスレンダーな美少女ですわ」

「なんだと⁉」

予想だにしなかったテッカの言葉に、アークは思わず腰を浮かした。

「やっぱこの村にもいるんじゃんか！　隠してたんじゃんか！」

「アーク様は年上の美女がお好みだとも仰っておりましたから、年下は守備範囲外かと」

「この際年齢は目をつむるから、今すぐ連れてこい！」

魔物退治は今日はやめだ！　と大喜びで命じるアーク。

「ついさっき『オレは理想が高い男なの。妥協は絶対にしないの』とかエラソーに仰ってませんでしたっけ？」

「そんな昔のことは忘れた！」

半眼でツッコんでくるメイリに、アークは臆面《おくめん》もなく言いきった。

（世間一般の基準でいえば、ミィはすこぶるつきの美女ってやつだろう。だけどあいつに言い寄られて、ますます実感した。オレやっぱ巨乳はダメだ。でもスレンダーなら多少は妥協できる気がする！）

と内心はサイテーなことを考えていた。

一方、テッカが一個だけ断りを入れてきて、

「ただアーク様……その娘は急にお金が入り用になった事情がございまして、お給金は弾《はず》んでいただくよう、わたくしからもお願いしたいのですが」

「いいぞ、いいぞ！　いくらでも弾んでやろう！」

黄金竜を斃《たお》してあぶく銭が唸《うな》るほど入ったところだ。それでスレンダー美少女メイドを近くに置けるなら、構うものか。

「新参メイドがそんな高給取りになったら、古参の私の立場がないんですが？」

「うっせーメイリ、その台詞《せりふ》はおっぱい減らしてから言えよ！」

「わかりました。今日でお暇《いとま》させていただきますね。これまでお世話になりました、アーク様」

「悪かった今のは言いすぎた！　その分、おまえも給金上げてやるからいいだろっ」

深々と頭を下げたメイリに、日々の生活を完全に依存しているアークは慌てて言った。

「チョロいご主人様にお仕えできて、メイリは幸せ者ですね」

「……その分、新しいメイドをちゃんと教育してやれよ？　イビッたりすんなよ？」

「ええ、私の真っ直ぐでもなく美しくもないメンタルを、しっかり注入いたしますね」

「その話、根に持ってたのかよ！」

ただの憎まれ口だとわかっていても、思わず頭を抱えるアーク。

そんな主従のやりとりをテッカが微笑《ほほえ》ましげに眺めながら、

「このお家でしたら、わたくしも安心してお預けできますわ」

と独白した。


そしてテッカは、ほどなくメイド志望の娘を連れてきた。

名をフレン。

緊張した様子で応接室のソファに座る彼女を、アークは愕然《がくぜん》となって凝視《ぎょうし》する。

「確かにテッカの言う通りだったけどよ……」

そう、フレンは可憐《かれん》な美少女だった。

スレンダーにも偽《いつわ》りなく、全身華奢《きゃしゃ》で儚《はかな》げだった。

ただし年齢が十歳だった。

「ぷぷっ。アーク様の守備範囲ってこんなに広かったんですね」

「年下にも限度があるだろおおおおおおおがっっっ」

「頑張って妥協なさってくださいね」

忍び笑いで嫌味を言ってくるメイリに、アークは頭を掻《か》きむしった。

一方、フレンは膝《ひざ》の上に置いた両手をにぎりしめ、

「ご、ご領主様っ。一生懸命働きますから、お側に置いてくださいっ」

と必死に訴えてくる。

その表情や態度は健気《けなげ》そのもので、性根の真っ直ぐさも窺《うかが》えて――根性のねじ曲がったアークでさえ――すぐに好感を覚えた。第一印象バッチリだった。

「だが悪いな、おまえを雇《やと》うわけにはいかん」

「そ、そんな……っ」

フレンはガーンとショックを受けた様子で目を見開き、瞳《ひとみ》を揺らした。

またその隣に座るテッカが、責任を感じた様子で訊《たず》ねてくる。

「わたくしがアーク様をだますような形をとりましたから、ご不興《ふきょう》を買ってしまったのでしょうか？」

「別にテッカも嘘《うそ》はついてないし、一種のウィットだってオレもわかってるよ。それでヘソを曲げるほど野暮《やぼ》じゃねえよ」

ではなぜ不採用か？

ちゃんと理由はある。

「オレは物心ついた時にはもう、クソ親父に殴《なぐ》る蹴《け》るして武術を叩き込《こ》まれた。クソ親父はフィーンド家嫡男《ちゃくなん》の義務だとほざいていたが、あんなものはただの児童虐待《ぎゃくたい》だ。だから嫌なんだよ、子供に何かを押し付けるとか働かせるとか、そういうの。見たくねーの」

アークは別に善人ぶるつもりはない。

だから自分のあずかり知らぬところで児童労働が横行しているとか、もしそんな事実があったとしても、別に心を痛めたりなどしない。

でも目の前で子供が働くのはダメ。トラウマが刺激される。

「ど、どうしても無理ですか、ご領主様……っ」

「逆になんでそこまで金が欲しいんだよ、フレン」

遊び金欲しさで言っているのではないことは、見ればわかる。そういう気性の娘ではないことも。

「お母さんが病気になったんです……。それでケインズ先生に診《み》てもらったら、とても珍しくて高いお薬じゃないと治せないって……。だからお金が必要なんです……っ」

「なるほどな」

まあそんなことだろうと、アークは嘆息した。

「わかったよ。雇うのは無理だが、その高価な薬とやらはオレが用立ててやるよ。金は出世払いでいい。フレンが大人になってから働いて、コツコツ返せ。というか親もいるんだから一家で返せ」

「あ、ありがとうございます、ご領主様！」

フレンは背筋をピンと伸ばして礼を言ってくる。

今度は喜びで瞳を潤ませる。

テッカも感心頻《しき》りの様子で、

「それこそまさに名領主のご沙汰《さた》というもの。わたくし、アーク様のことをますます支持――いいえ、大好きになってしまいましたわ」

と、おためごかし抜きに褒《ほ》めちぎる。

かたや巨乳、かたや十歳とはいえ、まぎれもない美女美少女に尊敬の眼差《まなざ》しを向けられ、アークも悪い気はしない。

応接室の空気まで、なんだか温かいもので満たされる。

そしてメイリもにっこり笑顔になって、

「やっぱりスレンダーなら十歳でも守備範囲だったと」

「違《ち》げえよ！」

突然のひどい言いがかりに、冗談でも否定せずにいられないアーク。

「他でもないテッカの紹介なんだ、顔を潰《つぶ》すわけにはいかないだろ。オレだってそれくらいの分別はわきまえてんだよ！」

「と必死になるのが逆に怪しいわけで」

「マジ話だっつーのっっっ」

テッカはアークがサイト村に来た最初から好意的な態度だったから、自分も彼女のことはお気に入りなのだ。

それにもちろん、鍛冶《かじ》の腕前も高く買っている。

この程度の便宜を図ってやるのは、むしろ当たり前の話だった。

「とにかくオレは出かけるぞ！　支度《したく》をしろ、メイリ」

「どちらへ行かれるのですか？」

「フレンの家だ。母親の見舞いに行く」

高価な薬を用意してやるのに、相手の顔も知らないというのは座りが悪い。

それにフレンが一目でわかるほど良い子だからといって、親まで善人とは限らない。「子供が勝手にした約束だ」とか言い張って、薬代を踏み倒すような輩《やから》ではないか、自分の目で確かめておく必要がある。

というか、どうせならさんざん恩に着せたい。

「畏《かしこ》まりました、アーク様。ですがその前に、私からも一つお話があるのですが」

「なんだよ、メイリ。急に改まって」

「私のお給金を上げる件、どうぞよしなに」

「なんでだよ⁉　フレンは雇わないいんだから、おまえの便乗賃上げだってお流れだろ⁉」

「それはそれ。これはこれ」

「いーや一緒の話だね！」

「わかりました。今日でお暇させていただきますね。これまでお世話になりました、アーク様」

「卑怯《ひきょう》だぞメイリいいいいいいいいいっ」

このハーフエルフの美少女メイドにお世話を焼いてもらわないと、まともに暮らしてもいけないという弱みを完全に握られているアーク。

いくら最強の軍隊でも、兵站《へいたん》を欠いては滅びを待つのみなのだ。歴史が証明しているのだ。

しかもメイリはアークの気質を完全に把握《はあく》していて、

「お給金を上げてくださったら、もちろん私も相応にスキルアップを目指しますが？　具体的にはアーク様がお好きな麺《めん》料理をより美味《おい》しくご提供できるよう、麺打ちの技術を習得いたしますが？」

（くっ……ただ屈するんじゃ面白《おもしろ》くないオレに、ちゃんと言い訳まで用意しやがって……）

アークは内心歯軋《はぎし》りしながら笑顔を作り、

「そ、そうかっ。自家製麺が食べられるなんて楽しみだなっ」

「お給金アップの件、ありがとうございます」

メイリが嫌味なほど深々と頭を下げた。これが慇懃無礼《いんぎんぶれい》！

しかもそんな主従のやりとりをテッカが微笑ましげに、フレンが楽しげに眺《なが》めながら、

「このお家でしたら、フレンを安心してお預けできたのですが」

「あたしもちょっと残念です」

などと言うではないか。

オマエラどこに目がついてるんだ⁉

◇◆◇◆◇

しかしメイリが有能メイドなのは、紛《まぎ》れもない事実なわけで。

伯爵家からしっかり持ってきていた「領主が民を見舞うに相応《ふさわ》しい、威厳がありつつも華美すぎない服」をチョイスして、アークの外出の準備をサッと整えてくれた。

手土産《てみやげ》もぬかりなく用意。あまり大仰《おおぎょう》にはならず、しかし貧しいサイト村では珍しかった砂糖を使った焼き菓子を、メイリが手早く木箱に詰めて紐《ひも》掛《が》けした。

アークも見舞いに時間をかけるつもりはない。父親は野良仕事に出かけているというので、母親本人の様子を確かめ、恩だけしっかり着せたらそれで充分である。

テッカも伴い、フレンに案内させ、四人で家を訪ねる。

この辺境村では一般的な、土間が一部屋あるだけのボロ屋だ。

中央にある囲炉裏《いろり》一個で暖をとり、調理に使い、また灯《あか》りにもなる。

ベッドも一つきりで、一家全員で共有する。

そのベッドにフレンの母親であるアイシアが伏せっていた。

フレンがそのまま大人になったかのように面影の似た――スレンダー美女だった。

（いるじゃねえか、こんなところに！　オレ好みの美女が！！！！！）

興奮のあまり、アークの心は天井《てんじょう》まで跳び上がってしまう。

アイシアの年齢は二十代後半くらい。ギリギリ「お姉さん」と呼べるだろう。もちろん守備範囲だった。

病のためか頬がこけていて、得も言われぬ儚げ～な雰囲気が漂っていて、そこが特にツボだ。

こんな美女に思いきり甘え、また優しくよちよちされたら至福に違いない。

「お母さん、ご領主様がお見舞いに来てくれたよ！」

「えっ……まあ、こんなアバラ屋までわざわざ……」

性格までフレンに似て真面目そうで、アイシアはお客を迎えるために病を押してベッドから出ようとする。

「いえ、奥さん。どうかそのままで」

アークは瞬間移動じみた速度でベッドの傍に近寄ると、キリッとした顔で告げた。

しかも上体を起こしたアイシアの手をとり、両手で包むようにぎゅっとにぎりしめた。

メイリに「ドサクサに紛れて……」と半眼でツッコまれた。

一方でアイシア本人は嫌がるそぶりを見せない。

相手が領主だから無下にできないのもあるだろうが、アークは（性格を棚に上げれば）間違いなくイケメンなのだ。

「どうぞ楽になさってください。そして、突然訪ねた私の非礼をお許しください」

と熱視線で見つめるアークに、アイシアは「まあ、どうしましょう……」とばかりの困り顔になりつつも、頬が赤く染まっている。

（イケる！　これは押したら口説《くど》き落とせる!!）

アークは内心、手応えを感じていた。

アイシアが人妻であることは完全に忘れていた。

「非礼だなんて、とんでもないです。むしろご領主様にわざわざお見舞いいただいて、こちらこそ恐縮ですわ」

「いいえ、領民の皆さんこそが私にとって掛け替えのない宝なのです。皆さんを慈《いつく》しむのが領主の責務であり、ましてお見舞いくらい当然のことです」

「まあ、なんてご立派な……」

「貴族を名乗る盗賊でしかなかった前領主とは、私は違いますので」

キリッとした顔のまま自己アピールをしまくるアーク。

メイリが「また心にもないことを」と聞こえよがしにツッコんでくるので、「私は違いますので！」と大声でかき消す。

さらにアイシアの注意を一身に集めるべく、グッと顔を至近距離まで近づけ、

「第一、貴女のように素敵なご婦人を見舞うのですから、むしろ私にとってはご褒美《ほうび》ですよ」

「まあ……こんなオバサンをおだてても、何も出せませんわ」

「何を仰るか！　貴女は若く、美しい！」

と歯の浮くような台詞をまくし立てる。

それでアイシアは「あらあら……」とますます困惑顔になるが、本当に迷惑しているわけではないのは頬が赤いままなのを見ればわかる。

若いイケメンに言い寄られ、内心満更ではないからこそ娘の手前で困っているのだと、アークは正確に見抜く。

一方、背後からは女性陣の冷ややかな視線を感じていて、

「完璧《かんぺき》に間男ムーブですわね」

とテッカが呆《あき》れ返《かえ》れば、

「旦那《だんな》さんが帰ってきたら面白いのに」

とメイリが皮肉る。

フレンも幼いながらに家庭の危機を理解してか、

「お母さんもご領主様も正気になって！」

と訴えてくる。

（こいつら邪魔だな）

とアークは内心憮然《ぶぜん》。

こんな状況では口説けるものも口説けない。

だから今日は挨拶《あいさつ》程度にとどめ、また今度二人きりになれる機会を作ることにする。

「お辛《つら》いでしょうが、どうか養生に努めてください。私も一日も早く薬を取り寄せるべく、手を尽くしますので」

「ですがご領主様……大変に高価な薬が必要だと聞いております。我が家の懐《ふところ》事情ではお返しするのも簡単では……」

「ハハハ、そんなことはどうかお気になさらず！　貴女のような美しい方のためなら、私が個人的にプレゼントいたしますよ」

全き本音でアークは言った。

アイシアがこんなスレンダー美女だとわかった以上、もう他人事ではない。

薬がどれだけ高くついてもいい。彼女の心が手に入るならば！

実際、アイシアの反応はと窺えば、感動に打ち震えている様子がわかる。

しめしめだ。

「それでは、今日のところはこれで失礼いたします」

貴婦人に対するように、アイシアの手の甲に口づけするアーク。

暇《いとま》を告げ、ずっとつかんで離さなかった彼女の手をようやく離す。

なおアイシアの手は――病状によるものだろう――氷のように冷たかった。

そしてあちこちに、まとわりつく影のような黒い湿疹《しっしん》ができていた。


「オレをだましていたな、テッカ」

領主館への帰り道、メイリと一緒についてくる彼女を振り返り、アークは咎《とが》めた。

「はて？　なんのことでございましょうか？」

「この村にもちゃんといるじゃねえか、スレンダー美女！　よくも隠していたな！」

「アイシアさんは人妻ですわよ？　隠すも何も、そもそもアーク様にご紹介する発想自体がございませんでしたわ」

「人妻だからとかオレには関係ねえ！」

拳《こぶし》をにぎって断言してのけるアーク。

「まるで格好いい台詞みたいに言わないでください。恥ずかしい」

とメイリにツッコまれ、

「いくらアーク様がご領主だからといって、アイシアさんを権力《ちから》づくでどうこうしようだなんて、感心いたしませんわよ？」

とテッカにも釘を刺される。

「わかってるよオレだって！」

この村の住人が横暴な領主を追い出した前例のある、面倒な連中なのは百も承知。

「でも無理やりじゃなけりゃいいんだろ？　アイシアさんの方がオレに惚れたら問題ないだろ？」

「不倫《ふりん》ですよ。問題しかありませんが」

「両親の仲を引き裂かれる、フレンの心情も考えてやってくださいませ」

「フレンのこともちゃんと責任とるし本当の父親の百倍幸せにしてやるから問題ないッ」

とアークは力説するが、女性陣はしら～っとした顔で、

「惚れさせるとか百倍幸せにするとか、どうせできもしないことを」

「実際、アイシアさんは良識のあるご婦人ですから、難しいと思いますけれど」

（ぐうコイツラ！）

なんて領主を敬うということを知らない奴《やつ》らだろうか。

「アイシアさんだって顔も見飽きた旦那より、若くてツラも完璧なオレの方がいいに決まってる！フレンだって甲斐性《かいしょう》ありまくりのオレの方にすぐ懐《なつ》くはずだ！」

とアークには自明の理《ことわり》に思えることをまくし立てるが、メイリもテッカも馬耳東風《ばじとうふう》。

（もういいわ！　オマエラを説得する労力があったらアイシアさんを口説くのに使うわ！）

アークはそう自分に言い聞かせ、無理やり留飲を下げる。

そして真面目な話、まずはアイシアに元気になってもらわなくては始まらない——のだが、これまた難題だったりする。

「よりにもよって霊力失調とはなあ……」

「それはアイシアさんの容体のことですの？」

アークがぼやくと、テッカも切り替えて真剣な顔つきになる。

「聞いたこともない病ですが」

「王都くらい人口があっても一年に一人、発症するかどうかだからな。まあ、オレも本職の医者じゃないし、書物でかじっただけの見立てだけどよ」

体温の重度の低下。

何よりまとわりつく影を彷彿《ほうふつ》させる、不気味で珍しい湿疹。

霊力失調の顕著《けんちょ》な症状だ。

「それにエラいケインズせんせーも高価な薬が要《い》るっつったんだろ？　じゃあまず間違いない」

「自然回復は見込めませんの？」

「少なくとも実例はないようだな」

人間や動物、はたまた魔物が生きていられるのは、自らが持つ霊力のおかげだ。

肉体を動かすことができるのも、心臓が勝手に動いているのも、全《すべ》て霊力の働きだ。

己《おのれ》の魂の裡《うち》に宿ると言われるその霊力のバランスが崩れ、まともに機能しなくなるのが件《くだん》の失調症である。

患者はじわじわと体力を失い、遠からず衰弱死《すいじゃくし》してしまう。

「亡くなってしまうんですの⁉　アイシアさんが⁉」

ショックのあまりか、大声を出すテッカ。

おかげで周囲の注目をひどく集めた。

洗濯物を抱えた主婦や畑帰りの農夫など、行き交う村人たちが皆足を止めた。

アークは周りのことなど気にも留めず答える。

「だーかーらー、オレが薬を取り寄せるのに手を尽くしてやるって言っただろ？　あんなスレンダー美女を死なすなんて世界の損失だよ」

テッカは聞いても安心はせず、食い入るように質問を重ねる。

「手を尽くす必要があるほど、稀少《きしょう》な薬なのですね？」

察しのいい奴だ。

アークはうなずき、率直に答える。

「一角馬《ユニコーン》の角《つの》が要る」

万病を癒《いや》す最高峰《さいこうほう》の霊薬として名高いから、テッカも噂《うわさ》を耳にしたことくらいはあるだろう。

同時に入手が困難なことも。

「まさかアーク様は、〝魔の森〟に入ってユニコーンをお探しになるつもりですか?」

「いやそりゃこの森にならいるだろうがよ……」

これほど広大で、魔物がひしめき、しかも手つかずの森など他にない。

しかし、逆に言えば広すぎて、都合よくユニコーンと遭遇《そうぐう》・発見できる保証がない。

現にサイト村に来てからほぼ毎日狩りに出かけ、未《いま》だ影も形も見たことがない。

「だから大金をはたいてどっかから買いつけるのが、現実的ってもんだろう」

「なるほど……」

幸い黄金竜を討《う》った今のアークには、唸《うな》るほどの金があるのだから。

「てなわけで、まずはテムリスに相談だ」

アークは踵《きびす》を返すと御用商人に会いに、彼が営む酒場へ向かう。

メイリとテッカがすぐに続く。


――だからアークたちは気づかなかった。

テッカの大声で足を止めた村人の中に、ヴェスパという名の畑帰りの農夫がいたことを。

「アイシア」の名がテッカの口から出てくるや、咄嗟《とっさ》に物陰に隠れ、優れた聴覚でアークたちの話に聞き耳を立てていたことを。

それも当然。

ヴェスパはアイシアの夫、フレンの父親であった。

そしてアークたちが完全に立ち去った後、

「……ユニコーンの角……」

ヴェスパは口中で嚙《か》みしめるように呟いた。

その目は村のすぐ傍《そば》にある、〝魔の森〟へ向けられていた――

◇◆◇◆◇

「ユニコーンの角を買い付けるのは難しいかと存じます、アーク様」

テムリスが心苦しそうに、だがきっぱりと即答した。

酒場のテーブルに腰かけたアークの対面で、なお恐縮の面持ちで紅茶のカップを置く。

なおテッカは隣《となり》に同席し、メイリは侍女としてアークのすぐ後ろに控えている。

以前は厨房《ちゅうぼう》に立っていたテムリスだが、現在は店を孫娘に完全に任せている状態だ。

代わりの料理人等も、村で募って雇っている。

テムリス自身はといえばアークが預けた金塊を元手に、大商人として再起する準備を着実に進めていた。

王国各地に仕入れへ出かけ、かつての伝手《つて》をつなぎ直し、またサイト村でも大規模な雑貨店を営む予定だ。

なおテムリスが各地で買い付けたもののうち食材だけは、アークの計らいで村人に無料で施している。

あの悪魔の実《サロマいも》中心の貧しい食生活から村人を解放し、女性たちを痩せさせるために必須《ひっす》の措置《そち》だ。

惜しくもない投資だ。

まあ思惑はあれど、別に悪いことをやっているわけではない。むしろ全き善行。

実際、村人たちも大喜びで、仮の配給所となっている酒場の裏手には連日行列ができていた。


そんなこんなで昼時を迎えようというのに、酒場の方は閑散となったまま。

何しろ裏で食材だけもらって帰り、家で調理すればタダなのだ。

わざわざ昼飯を食べに来る者は激減した。

一方で日々の食費への不安がなくなった分、仕事終わりの酒を楽しもうという者が増えたので、店の需要がなくなったわけでもない。

アークとしては、時間を選べば静かで快適。

こうしてテムリスとゆっくり話をすることもできる。

「金に糸目を付けるつもりはないんだが、それでも入手は難しいか？」

「はい、アーク様。ユニコーンの角ばかりは、金の問題では済まないのです」

とテムリスは懇切丁寧《こんせつていねい》に説明してくれる。

どんな金持ちや王侯貴族でも、怪我《けが》や病気には勝てない。

だからこそ、どんな重傷や大病だろうとたちまちのうちに癒すことのできるユニコーンの角は、喉《のど》から手が出るほど欲しい。

ユニコーンという魔物はただでさえ目撃例が少ないため、その角が市場に出れば一瞬で買い手がつく。

そして買った者は、いつか自分に訪れるかもしれない不運に備えて、二度と手放さない。

「よほどの恩や義理があって譲ってもらうだとか、権力ずくで献上《けんじょう》させるだとか、そういう形でなければまず入手することはできない宝物《ほうもつ》なのでございます」

「なるほど、道理だな」

「私がまだ商会を営んでいたころでしたら、どうにか手に入ったかもしれませんが……。今の私ではまず不可能にございます」

力及ばず申し訳ございません――とテムリスは歯痒《はがゆ》そうに頭を下げた。

アークとしてもこの御用商人には全盛期にまで返り咲いてもらうつもりだし、テムリスにその才覚があることはわかっている。

ただ一朝一夕で叶《かな》う話ではないこともわかっている。

（……うーん、どうしたものかなあ）

腕組みで黙考《もっこう》するアーク。

ことがアイシアを助けるためなので（いくら動機が不純でもだ！）、メイリやテッカも決して茶化したりせずその様子を見守る。

だがアークが名案をひねり出すより先に、アクシデントが発生した。

魔術師ケインズが血相を変えて、酒場に飛び込んできたのだ。

そしてアークを見つけるなり、憤怒《ふんぬ》の形相でどやしつけてきた。

「余計なことをヴェスパに吹き込んでくれたな！」

「はぁ？」

アークはそのやかましさに閉口し、また批難される謂《いわ》れのなさに不機嫌になった。

「知らねえよ。ヴェスパって誰だよ」

「アイシアさんの旦那さんです」

と後ろに控えるメイリがすかさず、小声で教えてくれる。

いつどこで調べていたのか、さすがの有能メイドぶり。

しかし、聞いたアークは不機嫌顔をケインズへ向け、

「ますます意味わかんねえわ。会ったこともねえわ」

アイシアの夫ということは、つまりはアークの恋敵《こいがたき》だ。

もし会っていたらどうやって社会的に葬ってやろうか、あの手この手で弱みを探っていたに違いない。

「しかもオレが何を吹き込んだって？」

「アイシアの病気を治すのに、ユニコーンの角が必要だと教えてしまったんだろう？　俺《おれ》が敢《あ》えて伏せていたのに！」

やはり心当たりのない話。しかも、

「……敢えてってなんだよ」

それ以上に聞き捨てならないケインズの台詞に、アークは押し殺した声音で訊いた。

たちまち場の温度が数度下がったような、緊迫した空気になる。

そんなアークが漂《ただよ》わせた抜き差しならない気配に、テッカが、テムリスが顔を強張らせる。

一方、メイリは「やれやれホント喧嘩《けんか》っ早《ぱや》いんですから」と憎まれ口を叩きつつも、耳打ちしてくるその声音からは好意的なニュアンスが窺えた。

そして当のケインズといえば、まるで臆《おく》することなく、

「霊力失調はユニコーンの角でもなければ完治しない。だがあの角は入手できない。だったらそんな残酷な真実は、敢えて伝えないのが人の心というものだろうが？」

これが自明の理だとばかりに答える。

「はぁん、つまりはアイシアさんを見殺しにするってことだろ？　そんな奴が人の心を説くなよ、ケインズ先生」

アークは心底からバカにし腐った顔で言った。

だがケインズも堂々と反論してきて、

「可能な限り栄養をつけ、俺が処方する薬草を飲み続ければ、病状の進行を遅らせることはできる。それでアイシアが三年でも五年でも生き永らえれば、その分だけ家族と別れを惜しむことができる。フレンが一人前になるのを見届けることもできる。これが最悪の事態の中の、せめてもの最善だ」

「ハッ！　如何にも魔術師先生らしい、理屈一辺倒の冷たいご判断だなあ？　これっぽっちも血が通ってねえよ」

「批判だけなら誰でもできるんだよ、クソ領主」

アークが、ケインズが、一歩も譲らず睨み合う。

ますます空気がキナ臭くなる中――

反領主派の急先鋒である魔術師が、噛んで含めるように続けた。

「俺は警告しておいたはずだよな？　おまえが村に住むこと自体は構わん。しかし俺たちに一切干渉してくるなと」

「ンな警告、知ったことかよ！」

実際ケインズになんと言われようと、酒場裏の配給所は大盛況だ。アークが施《ほどこ》してやっている食材は、多くの村人に喜ばれている。

だがケインズはこちらの話に耳を傾けようとはせず、逆に畳み掛けるように言った。

「ヴェスパが〝魔の森〟に行った。目撃者が教えてくれた。わかるな？　おまえが余計な情報をアイツの耳に入れてくれたおかげだよ。奥さんを助けるために、独りでユニコーンを狩りに行ったんだよ、命懸《が》けでな！」

その報《しら》せにアークよりも早くテッカが反応する。

「本当ですの⁉　見間違いではありませんの⁉」

思わずといった様子で、ガタッと椅子《いす》から腰を浮かせる。

ケインズは間違いないようだとテッカにうなずいてみせると、再びアークを睨《ね》めつけた。

「おまえが要らんことをしてくれたおかげで、死人が出るぞ？　どうしてくれるんだ、血の通ったご領主サマ？」

アークはその鋭い眼光を受け止め、腰の据わった態度で答えた。

「決まってらあ――」

ヴェスパはアークの恋敵だ。アイシアの夫だ。

本当に邪魔で邪魔で仕方ない。

ゆえに――

◇◆◇◆◇

ヴェスパが妻子を連れてサイト村へ流れ着いたのは、二年前のことだ。

その以前はリンカンという王国有数の猟師町で、随一の狩人として周囲の尊敬を集めていた。

山に出るようになった十三のころから、〝狩猟の女神の寵愛を受けしヴェスパ《アーシェイラギフタヴェスパ》〟の異名で呼ばれていた。

また当時の彼は、自他共に認める伊達《だて》男。

もっといえば、極度の格好つけしいだった。

毎日のように大物の鹿や猪を狩っては換金し、せっかくの稼ぎを酒場で皆に振る舞っては、景気よく騒《さわ》ぐという生き方をしていた。

ただでさえ狩りの腕前を認められている上に、気風《きっぷ》までよいとなれば、これはもう人気者になって当然。

他の猟師たちからは慕《した》われ、給仕娘や町の女たちが彼を見る目は常に熱っぽかった。

ヴェスパもまた来る者拒《こば》まずで、火遊びに興じた。

おかげで家計は楽ではなかったし、アイシアとは何度も離婚寸前までケンカをした。

フレンにも苦労をかけた。

だがヴェスパは一向に反省することなく——たとえ陰で家族を泣かせようとも——男にも女にもモテる生き様を、「最高に格好いい」と自己陶酔《とうすい》していた。


そんなある日のことだ。

狩りから戻ったヴェスパは、いつものように酒場に立ち寄り、看板娘が若い男にからまれているところを目撃した。

品がいいとはいえない大衆酒場のことだから、揉《も》め事《ごと》は日常茶飯事。

ただいつもと違うのは、給仕娘にしつこく言い寄っていたその若僧の身なりが、極めて裕福なものだったということ。

大方どこぞの商家のボンボンが、普段は立ち寄りもしない酒場の店先で看板娘を見かけ、その容姿を見染め、言い寄っているのだろう——ヴェスパはそう考えた。

根っからの格好つけしいとしては、放っておけないシチュエーションだ。

しかもこの日は熊を仕留めることに成功して、いつもの何倍も稼いでいて、正直気も大きくなっていた。

「このコが本気で嫌がってるのがわからないかい？　女を口説くならもっとスマートにやんな」

と苦笑いで割って入り、看板娘を助けようとした。

それがボンボンにはさぞ癇《かん》に障《さわ》ったのだろう。プライドを逆撫《さかな》でされたのだろう。

「このボクの邪魔をすればどうなるか、思い知れよ！」

そう言って、陰に待機させていた護衛の強面《こわもて》二人を、ヴェスパにけしかけてきたのだ。

「これだから苦労も世間も知らない坊ちゃんは困るんだよ」

ヴェスパは苦笑いのまま、その世間ってものを教えてやった。

無論、拳には拳でだ。

狩りで肉体だけでなく、度胸や勘所《かんどころ》も鍛《きた》えたヴェスパは、ケンカだって強い。

図体がデカいだけの護衛なんぞ相手にならない。

若僧共々三人まとめてボッコボコにしてやり、酒場から叩き出した。

周囲からはやんやの喝采だ。

看板娘からもキスの雨を浴びた。

ヴェスパも調子に乗って、熊を狩って稼いだ金を全て酒代に溶かし、皆に奢り、皆で騒ぎ、深夜まで大いに飲んで大いに遊んだ。


そして翌日、件のボンボンから報復を受けた。

てっきりどこぞの大店《おおだな》の放蕩《ほうとう》息子だと思っていたのに、違ったのだ。

なんとこの町を支配する領主である、リンカン男爵《だんしゃく》の三男坊だったのだ。

男爵は「宰相派」の末席に名を連ねる、典型的な腐敗貴族。

息子がクズなら親もクズ——看板娘にしつこくからんだことや、先に暴力に訴えてきたのはそっちだという狼藉《ろうぜき》を棚《たな》上《あ》げし、「民草《たみくさ》風情《ふぜい》がワシの息子に手を上げたらどうなるか、思い知らせてやる」とヴェスパを逆恨《さかうら》みした。

なんのかんのと罪状をでっち上げ、即日沙汰を下した。

結果、ヴェスパは生まれ育った町から追放されてしまったのだ。

流浪《るろう》の身に落ちた日々は、本当に過酷だった。

自業自得で蓄《たくわ》えがなかった分、余計にだ。

宿に泊まる金さえなく、雨露《あめつゆ》を凌《しの》ぐ場所にも事欠く有様だった。

せっかく狩りの腕前があっても、猟場というのは町々ごとに縄張《なわば》りがあるのが暗黙の了解で、余《よ》所者《そもの》が勝手に入ってよいものではない。

物乞《ものご》いまがいにサロマ芋を恵んでもらっては、一家を受け容れてくれる町や村を探し歩いた。

ようやくサイト村を見つけ出すまで、艱難辛苦《かんなんしんく》の連続だった。

それでもアイシアとフレンは、文句も言わずついてきてくれた。

妻子を散々泣かせてきたヴェスパのことなど、追放を機に捨てたところで、誰にも後ろ指を差されはしないというのに。

「オレがバカだった。バカだと気づくまで、本当に時間がかかった」

伊達男を気取り、気風よく金を撒《ま》いたり格好つけて誰かを助けるよりも、真っ先に大事にしなければならないものがあったのだ。

リンカン男爵のことを恨んでないといえば嘘になるが――

それ以上に自分の過去の過ちを恨み、悔《く》いた。


だからヴェスパは生き様を改めた。

まずは酒を断ち、農夫として働くことにした。

サイト村では狩りはできない。危険な〝魔の森〟に入るのは無謀がすぎる。

せっかくの腕前を腐らせ、しかし文句も言わず、鍬《くわ》を振って硬い土を耕《たがや》した。

泥にまみれ、汗水垂らして働いた。浮名を流した伊達男の姿はもうなかった。

全ては家族を食わせるために。

せめて少しでも苦労をかけないために。

そうしておよそ八百日一度も休まず畑に出て――

ようやくアイシアとフレンの信頼を取り戻せて――

貧しくても毎日、笑顔の絶えない家庭を築けたというのに――

最愛の妻が、不治の病に罹《かか》ってしまった。


(天罰なら、アイシアじゃなくてオレに下してくれればいいのによ。神様も節穴だぜ)

ヴェスパは胸中で毒づく。

妻の治療のためにはユニコーンの角が必要だと、領主の口から聞いたその日のことである。

弓矢を背負い、〝魔の森〟と呼ばれる危険地帯をひた歩いていた。

息をひそめ、気配を殺し、五感を最大まで研ぎ澄ませる。

魔物に見つからぬように。

むしろ先に見つけて近づかぬように。

もし足の速い奴に見つかったら、死《おわり》。

囲まれても、死《おわり》。

熟練の狩人だったヴェスパといえど、こんなに緊張する狩りは初めてだった。

もちろん、森の中で気配を隠すのは狩人《かりうど》の必須技能だ。

獲物《えもの》に気取《けど》られれば、すぐに逃げられてしまうからだ。

その点でもヴェスパは、猟師町の誰よりも卓越していた。

しかし魔物相手にも通用するか否かは、完全に未知数。

幾度となく喉《のど》は干上がり、そのたびに水筒で湿しながら、忍耐強く足を動かす。

〝魔の森〟の奥へ。奥へ。

より危険地帯へと。

妻を救うため、ヴェスパは勇気を総動員した。

顔見知りとはいえ友人でもない看板娘を助けるため、格好つけて、無茶だってしたのだ。

(だったら今、命の一つも懸けられない道理はねえ)

恐ろしい魔物どもを目撃するたび、傍を通らねばならないたび、ヴェスパは竦《すく》みそうになる己の足を殴って叱咤《しった》した。

(全てはオレの勇気《こころ》の問題なんだ)

そう——挫《くじ》けさえしなければ、稀少な魔物《ユニコーン》だとてきっと狩ることができると信じていた。

猟師町で〝狩猟の女神《アーシェイラ》の寵愛を受《ギフタ》けしヴェスパ《ヴェスパ》〟と呼ばれていたのは伊達ではない。

ヴェスパは子供の時から、狩りに出れば必ず大物と遭遇した。

いくら腕がよくても、獲物を見つけることができなければ、狩りは成り立たないのに。

普通の猟師は一度山に入ったら、遭遇するまで三日も四日も籠《こも》ることだってあるのに。

ヴェスパは常に獲物に恵まれた。

そういう星の下に生まれてきたとしか言い様がなかった。

だから今日この日も、狩猟の女神はヴェスパに微笑んだ。

（――いた）

額から一本の角を生やした馬の魔物を、ついに遠目に発見する。

小川で水を飲んでいるところだった。

わずかなせせらぎの音を捉《とら》え、もしやと思い、たどっていったのがビンゴ。

逸《はや》る気持ちを抑え、ユニコーンに見つからぬよう木の陰から陰へ。姿を隠しながら、慎重に近づいていく。

弓の射程まで、最低でも百メートル。

二年のブランクを考えれば、五十メートル。

それがヴェスパの見立て。

それでも並の射手からすれば、驚異的な射程距離。

（一発で脳天を射抜いてやる――）

上手《うま》く近づくことに成功し、木の陰で弓矢の用意をする。

ユニコーンは未だ呑気《のんき》に川辺で水を呑《の》んでいる。

好機だ。

ヴェスパは深呼吸をして己を落ち着かせ、狩人時代の感覚を可能な限り手繰《たぐ》り寄せる。

矢を番《つが》え、木陰から最小範囲で身を乗り出し、ユニコーンの頭に狙《ねら》いを付ける。

そして、呼吸を止めたまま矢を放つ。

（――よしっ！）

我ながら完璧な手応えがあった。

矢は脳裏で思い描いた通りの軌跡《きせき》で飛び、ユニコーンの脳天を過たず貫通した。

二年のブランクをものともしない名射手ぶりだった。

だが、それだけ。

ヴェスパは確かに超一流の狩人であり、その腕前も錆び付いていなかったが、しかし魔物を狩った経験があるわけではない。

だから、「魔物の恐ろしさ」というものを漠然《ばくぜん》と知った気になっていても、具体的にどれほどの脅威なのか本当の意味で理解できてはいなかった。

だから、脳天を射抜かれたはずのユニコーンが、平然と頭を上げる様を見て――

愕然と立ち尽くすことしかできなかった。


そう、ヴェスパは知らない。

どんな病や傷もたちどころに治してしまうユニコーンの角の魔力は、当然、そのユニコーン自身にも適用できることを。

たとえ矢が脳を貫通しても、脊髄反射的にその致命傷を癒すことができることを。

アークのように書物を読み漁って知識を蓄えたわけでもない彼にとっては、当然、あまりに予想外の事態だったのだ。

だから、木陰に再び身を隠すのも忘れ、棒立ちになってしまった。

当然、ユニコーンに見つかってしまった。

「ＨＩＨＩＩＩＩＩＩＩＩＩＩＩＩＩＩＩＩＩＩＩＩＩ」

一角馬はけたたましい嘶《いなな》きを上げると、ありったけの怒気と殺意をヴェスパへ向けてくる。

そして蹄を鳴らして突撃してくる。

「おわああああああああっ」

ヴェスパは絶叫し、恐怖に衝《つ》き動かされるようにその場を逃げ出す。

弓矢などもう放り捨ててしまった。走るのに邪魔だった。

完全に恐慌状態に陥《おちい》っていた。

突撃してくるユニコーンの迫力も然ることながら、頭を矢で貫かれたまま平気で襲ってくる不気味さが堪らなかった。

パニックで足がもつれ、森の中を倒《こ》けつ転《まろ》びつ、とにかく逃げる。

だが蹄《ひづめ》の音は確実に近づいてくる。

ユニコーンの速度自体は、尋常《じんじょう》の馬と変わらない。

でもヴェスパに追い付くには充分すぎる。

ユニコーンの馬力自体も、魔物だからといって特別ではない。
だがヴェスパを轢《ひ》き殺すくらい朝飯前だろう。
(終わった――)
事ここに至り、ヴェスパは観念した。
足も止まった。
どうせ助からないなら、最後は潔《いさぎよ》く。格好よく。
恐怖におののくのではなく、家族のことでも思い返しながら死のう。
(……アイシア……フレン……最後まですまん……)
天を仰《あお》ぎ見、そこに妻子の姿を幻視する。
稼ぎ手の父親が死ねば、きっとますます生活で苦労するだろう。
結局、一度も幸せにしてやれなかった。
ヴェスパはそのことが不甲斐《ふがい》なく――

「――いや、不甲斐ねえなら諦《あきら》めてんじゃねえよっ!!」

ヴェスパは咆《ほ》えた。天を仰いだまま、大声で。
己に向けて叱咤《しった》した。
そして、生き延びるために再び走り出した。

「何を格好つけてんだよ！　何度、間違うんだよ！　潔さなんざクソ喰《く》らえだ！」

たとえ地を這《は》ってでもだ。

泥を啜《すす》ってでもだ。

生きてアイシアとフレンの元に帰る。

（――そうだ、最後の最後まであがいてやるっ）

ヴェスパは行く手に一際幹《ひときわみき》の太い大木を見つけると、全力で跳びついてよじ登った。

走る速度では勝てなくとも、蹄しかないユニコーンに木登りは不可能なはず。

いや、また魔物の非常識さを見せつけられるかもしれない。しかし、他にアレコレと検討している猶予がない。

もう必死も必死、まさしく地を這う覚悟でよじ登っていく。

その懸命《けんめい》さは功を奏した。

今度は予測が的中し、ユニコーンは木の上まで追ってはこられなかった。

ただしヴェスパへの復讐は諦めてくれなかった。

怒りのままに大木へ頭突きを繰り返し、上にいるヴェスパごと倒木させようと始めたのだ。

実際、その破壊力は凄《すさ》まじかった。

太い幹へ角ごと頭を打ち付け、穿《うが》ち、穴だらけにしていく。

いくら大木でも倒されるのは時間の問題だ。

普通、これほど頭突きを繰り返せば脳震盪《のうしんとう》を起こすが、治癒の魔力があるおかげで平気。

その執念にヴェスパは再びゾーッとさせられた。

「助けてくれえ！　誰かあああっ。誰か助けてくれえええええっ！」

天辺付近の幹にしがみつき、大声で叫び続ける。

情けない姿なんてもんじゃない。

でも、それで生き延びられるなら構わない。

〝魔の森〟に他に誰か人がいるとは思えない。

でも、もうその一縷《いちる》の望みに賭《か》けるしかない。

「頼むぅ！　誰かあああああっ。アイシアァァァアア！　フレェエエエン！」

声の限りに叫び続けるヴェスパ。

だが決して無駄ではなかった。

その必死さがまたも功を奏した。

ヴェスパの声を聞きつけ、駆けつけるものがいたのだ。

『無事だったか、ヴェスパ！　まったく、よくぞ一人でこんな奥地まで来られたもんだ。……いや、よく耐えたな！』

と返事をくれたのは——天を翔《かけ》る一羽のカラスだった。

（なんでカラスがしゃべってんだ⁉）

とヴェスパは当然、混乱する。

魔術の「ま」の字も知らない彼に、このカラスの正体はケインズが即席の契約を結んだ使い魔なのだとか、わかるはずもない。

ケインズはサイト村からカラスを操《あやつ》り、使い魔の視覚を通して空からヴェスパを捜索していたのだ。

今の返事も使い魔を通したケインズの声だったのだ。


「――でもなんでもいい！　頼むっ。助けを呼んでくれないか！」

ヴェスパも状況を理解できないなりに、藁にもすがる想《おも》いで叫び返す。

『ああ、待っていろ！　すぐに呼んでくるから、もう少しの辛抱《しんぼう》だ！』

カラスが応答し、大空で弧を描いてサイト村のある方へ飛んでいく。

そして、本当に応援を呼んできてくれる。

ミィとあの新領主――

そう、アークとかいう若者だ！

なんと常人とは思えないスピードで爆走するミィの背に、アークがおぶさるという、場合が場合なら噴き出してしまいそうな格好でやってくる。

しかし、本人たちは大真面目《おおまじめ》。

もちろんヴェスパも、助けに来てくれた二人を笑うどころか、感激の眼差しで見下ろす。

「飛ばせ、ミィ！」

そのアークが威風堂々《いふうどうどう》と命じた。

「承知ニャ、ダーリン！」

ミィが爆走する勢いを利用し、アークをユニコーンの方へと放り出した。

あたかも大型設置弩《カタパルト》から射出されたかのように、宙を翔るアーク。

体をひねりながら抜刀し、クルクルと宙を舞う。

これまた滑稽《こっけい》というか、とんでもなくシュールな絵面《えづら》だ。

しかしアークの表情は自信に満ちあふれていたし、実力に裏打ちされていた。

強襲を察知し、ヴェスパから標的を変更しようとしたユニコーンに対し――迎撃の余地を与えることなく――一刀で角を斬《き》り落としたのだ。

その鮮やかさにヴェスパは目を瞠《みは》った。

別に伊達を気取らずとも、殊更《ことさら》に格好をつけずとも、何よりこんなにシュールな絵面でさえ、ただただ「格好いい」。そう思った。

ミィなど有頂天になってその場で飛び跳ね、アークへ投げキッスを送りまくっている。

「ま、こんなものか」

アークは華麗《かれい》に着地を決めると、返す刀でユニコーンの太い首をあっさりと斬り飛ばした。

角を失い、同時に強力な再生能力も喪《うしな》った魔物は、それで斃れた。

この順序でなければ斃せなかったのだと、アークの手本を見てヴェスパも気づいた。

（今度の領主が〝魔の森〟に出かけていっては、毎日魔物を狩って帰ってくるって噂はオレも聞いていたが……）

現実に見せつけられ、鳥肌が立った。

なるほどこれほどの強さや知識があればこそ、可能なのだと思い知ったのだった。

◇◆◇◆◇

「正直、アーク様が人助けにいくだなんて思っていませんでした」

などとヒッデー発言を平然としてくれたのは、メイリである。

「ましてヴェスパさんはアーク様にとって恋敵で障害ですよね？　いなくなってくれた方が、アイシアさんを口説くのに都合がよいはずですよね？　どうしてお助けになったんですか？」

意外で仕方がないとばかりに訊ねてくる。

アークとしては心外極まれり。

「助けるに決まってるだろ。考えてもみろよ？　もしヴェスパがあそこで死んだら、『妻の病気のために命を擲《なげう》った夫の鑑《かがみ》』ってことだぞ。アイシアさんの中で美化されたまま永遠になっちまうだろうが！」

「あー。そういう」

「オレはアイシアさんを口説き落とす自信あるよ。ああ、存分に旦那と比べてもらいたいね！　絶対オレの方がいい男だもん。でも実物のヴェスパ相手なら楽勝でも、いつまでも美しいままの記憶相手に戦うのはくっそメンドいからな。だから、わざわざ助けに行く方がまだマシだったんだよ」

でもおかげで本当に手間をかけさせられた。

ヴェスパという存在は、アークにとってどこまでも邪魔で邪魔で仕方ないというわけだ。

「清々《すがすが》しいほどの自己中発言ですね」

「嘘でも善意だったって言えってか？　メイリ相手に上辺《うわべ》を取《と》り繕《つくろ》ったって意味ないだろ」

「それはそうですけど」

呆れ返るメイリの前で、アークは悪びれもせず大笑いする。


なお二人でアイシアの家に向かう途中である。

アークがヴェスパを救出し、ユニコーンの角を持ち帰って五日が経《た》っていた。

アイシアの病は癒えたはずだし、体調もそろそろ完全回復しているはずで、様子見を兼ねてお祝いの品を持ってきていたのだ。


「オレは今日早速、勝負をつけるつもりだぜ。アイシアさんを惚れさせてみせるぜ」

「なんでそんなに自信に満ちあふれているんですかね。恋愛経験はゼロのくせして」

「ヴェスパを助けてやったのもオレで、ユニコーンの角を持ち帰ってやったのも実質オレなワケよ。アイシアさんの好感度も当然振り切ってるわけよ。これでイケないわけねえだろ！」

「それアーク様の感想ですよね」

「とにかくこの時間、ヴェスパが畑に行ってるのは確かめてあるんだ。完璧だろ？　おまえさえ邪魔をしなければな」

「清々しいほどの間男マインドですね」

メイリに減らず口を叩かれながらも、アークはまるで気にせずアイシアの家へ向かう。

心底もう口説ける気でいるから、気分はウキウキ。何を言われても気にならない。

(ついにオレのスレンダー美女ハーレム構想も、現実味を帯びてきたな！)

信じれば、夢は叶う。

アークはそんな清々しい想いとともに、アイシア宅の玄関をノックした。

「ご領主様……っ。いらっしゃいませ！」

出迎えに現れたフレンが、アークの顔を見るなり喜色満面になって、中へ招いてくれた。

「お母さん、ご領主様がまた来てくれたよ！」

「まあ、どうしましょ……。何もおもてなしのご用意がなくて、大変申し訳ないですわ」

土間の真ん中にある囲炉裏《いろり》で、鍋を煮ていたアイシアが慌てて立ち上がった。

もうすっかり元気な姿だ。

そんなアイシアと対面し――アークは戦慄《せんりつ》で全身を凍り付かせた。

なぜなら自分の知る彼女と、似ても似つかない姿になっていたからだ。

病気でこけていた頬が、すっかり張りを取り戻していた。

というかパンパンにふくらんでいた。

ガリガリに痩せ細っていた体もまた、まるまると肥《こ》えていた。

サイト村の多くのご婦人方同様に、転がりそうな体型だった。

美人の面影《おもかげ》は残っているが、まるで別人だった。


「スレンダーなアイシアさんはどこ行ったのおおおおお⁉」

「はい、ご領主様のおかげですっかり元気になりまして。食欲も戻って、大好物のサロマ芋も毎日お腹《なか》いっぱい食べられるようになったんです」

「だからって五日でコレか⁉」

「お母さんが元に戻って、あたしもうれしいよ！　病気の時はまるで別の人みたいになってて、今にも死んじゃいそうで心配だったもの」

「やっぱこの村にスレンダー美女なんていなかったんかよおおおおっっっ」

「ご領主様には本当に感謝の言葉もございませんわ」

「ありがとうございます、ご領主様っ」

「スレンダーで美人のお姉さん以外からの感謝なんて要らねえっ！」

アークはその場でうずくまり、何度も地面を叩いた。

「よかったですね、アーク様。早く口説いたらどうですか？　私、邪魔しませんから」

「楽しそうだなメイリっっっ」

中腰になって嫌味を耳打ちしてくるメイリに、アークは怒鳴り返す。

ハーフエルフメイドは普段の通りの澄まし顔をしているが、目が笑っているのだ目が。

「もういいオレは帰るっ」

「え、いらっしゃったばかりですのに……」

「もう帰っちゃうんですか、ご領主様?」

「様子見に来ただけだからな！　メイリ、土産置いてけっ」

アークはヤケクソになって怒鳴ると、不思議そうにしているアイシア・フレンの眼差しを振り切るように家を飛び出した。

(チクショウ、夢なんか信じるんじゃなかったああああああああっ)

天を呪《のろ》いながら泣きダッシュするアーク。

しかし、すぐに大声で呼び止められた。

フレンが息せき切って、後を追いかけてきたのである。

「ま、待ってください、ご領主様！」

と懸命に叫ぶので、アークも足を止める。

「……どうした?」

と涙と傷心を堪《こら》えて訊ねると、フレンが耳打ちしたそうなそぶりを見せるので、腰を屈《かが》めてやる。

するとフレンが意を決した顔つきになって、耳元でささやいた。

「あと十年待ってください、ご領主様」

「どういうこと……?」

フレンの言葉の意味がわからず、訊ね返す。

すると少女は頬を染めながら耳打ちを続けた。

「あたし、お母さんみたいにきっと美人になりますから。それに絶対、太らないように気をつけますから」

「！」

「だからその時は、お側に置いてくださいね」

可憐な声で、力強く宣言するフレン。

でもすぐに自分で自分の言葉が恥ずかしくなったのか、真っ赤《まか》になって逃げ出していく。

取り残された格好のアークは、しばし立ち尽くす。

「スレンダー幼女にモテてもなあ……」

と顔を引きつらせる。

でも自分でも意外なくらい、心の痛みがスーッと消えた。

そのことに苦笑いしつつ、呟《つぶや》いた。

「ま、楽しみにしておくか。十年はちょっと遠いけどな」

【第四章】毒を呑ませる

メイリは買い物袋を提《さ》げて、テムリスの酒場へ向かっていた。

「腹減った」とやかましいアークに昼食を作ってやった後、新たに今夜と明日用の食材を仕入れるためだ。

手のかかるご主人様だが、真面目《まじめ》に働いているので腹が減るのは当たり前。

メイリとしても、その空腹を満たしてやるのはやぶさかではなかった。働き甲斐《がい》を感じた。


アークが新領主としてサイト村に来て、丸一月が経《た》っている。

その間、ほとんど休まず魔物退治を続けていた。

とはいえ肉体労働は厭《いと》うアークのことだ、〝魔の森〟に入るのは午前中の短い時間だけ。

真面目にといってもその程度。

ただし、それでもきっちり戦果を挙げて帰る辺《あた》りが、アークが口だけの男ではないという証拠だろう。

大変に効率の良い話だし、メイリも効率というものは大好きだ。

剝《は》ぎ取った魔力凝縮素材はテムリスに預け、交易商品として使わせている。

今なおサロマン王国では貨幣価値の暴落が続いているため、テムリスは各地で食糧や必需品との物々交換を行い、村へ持ち帰っていた。

そして村人への食材の配布は、アークの計らいでずっと続けられている。


酒場の裏手にある無料配給所は、今日も行列ができていた。

メイリは領主付きのメイドだし、ここで配っているのはアークの施《ほどこ》しだし、その気になれば並ばず食材をもらうこともできる。

しかしよほど急ぎの用事がある時か、逆に気が遠くなるほど長い行列ができている場合を除いて、律儀《りちぎ》に順番を待つことにしていた。

列に並ぶ他の村人たちが、暇《ひま》すぎて雑談に興じる――それに聞き耳を立てていると、いろいろな噂話《うわさばなし》を仕入れることができたり、村内の世情を知ることができて面白《おもしろ》い。

ハーフエルフのメイドが列後方に並んでいることに気づかず、新領主《アーク》のことをアレコレ噂する、うっかりさんな村人も多い。

今もそうで――

「はぁ？　アーク様のことを悪く言うなら、施しを受けてんじゃねえよ。今すぐ失せろ」

「俺《おれ》は新領主の備蓄《びちく》を奪《うば》ってやってんだよ！　内心、舌を出しながらなあ」

――と言い争う二人組を見かけた。

「アーク様は前のクソ領主とは違うんだよ！　民想《たみおも》いのご立派なお方なんだよ！」

（まあ、見る目のない）

と片方の男が熱弁を振るうのを聞いて、メイリは面白くてならない。

しかし、列に並ぶ多くの村人たちがその男に同調し、

「何が気に食わないんだか。毎日毎日、芋を食うしかなかったオレたちが、こうしてまともな食事にありつけるようになったってのになあ」

「しかもタダでだよ。新しい男爵《だんしゃく》様、サマサマじゃないかい」

「おらぁアイシアさんの不治《ふじ》の病《やまい》を治したのも、アーク様って聞いたねい」

「ヴェスパも〝魔の森〟に入って死にかけたところを、助けられたんだろう？」

「やっぱご立派な御方《おかた》じゃねえか」

「『貴族の責務』なんてモンは、物語の中にしかないと思ってたのにねえ」

「ありがたや、ありがたや」

と口々にアークへの感謝の気持ちを露《あらわ》にした。

（まあ、慈善《じぜん》行為には違いありませんしね。アーク様にどんな下心があろうと）

メイリとしても主が悪《あ》し様《ざま》に言われるよりは、よく言われた方が誇らしい。正直。

アークがこの無料配給所を始めて以来、新領主に対する村民感情もずいぶん変わってきた。

村に来て当初こそ、反領主ムード一色だった。

しかし今やこの通り、多くの村人が態度を軟化させている。

はっきり好意や敬意を持っている者も少なくないだろう。

頑固な領主否定派の村人もまだいるが、目に見えて減ってきている。

良い傾向だ。それは間違いない。

（それにアーク様はひねくれ者ですからね。口では村の女性を痩《や》せさせるためだって言ってますけど、内心は本当に善意でしている可能性もなきにしもあらず）

メイリがそう思うのは、主贔屓《あるじびいき》がすぎるだろうか？

わからない。

アークに長年側仕《そばづか》えし、アークのことを一番理解しているのは自分だという自負はある。

それでも、あの面倒臭いご主人様の全《すべ》てを把握《はあく》できていると思うほど、自惚《うぬぼ》れてはいない。

アークもそんな底の浅い男ではない。

ただ一つ確実なのは――アークがしばしば口にする「『オレを大好きな奴』が好き」というあの言葉は、全《まった》き本音だ。

だからサイト村の住人がアークへ好意を抱くようになって、それでアークも村民のことが好きになって、もっと大切にするようになって、すると村人たちもますます領主を敬愛して……と好循環が続くことをメイリは祈っている。

（ア、ア、アーク様は愛に飢えてますからね、ね……）

自分を救ってくれた彼がまた救われることを、祈らずにいられない。

領主館に帰ったメイリは、アークの姿を居間で見つけた。

お腹《なか》いっぱいになって眠くなったのだろう、ソファをベッド代わりに昼寝していた。

(口さえ開かなければハンサムだし、こうして無邪気に寝てる間は愛らしいんですよねえ)

アークの寝顔を見て、メイリはくすりとする。

それから一つ思い立って、自分もソファに腰掛けるとアークを膝枕《ひざまくら》してやる。

気持ちよさそうに寝ているアークの頬《ほお》を撫《な》で、髪を手で梳《す》く。

愛しさを込めて、全力で愛《め》でる。

アークが起きている時には絶対にできない真似だ。

日ごろから「よちよちしろ」とうるさい彼だから、膝枕も愛撫《あいぶ》も、してあげたらきっと喜ぶだろう。

でもわかっていても、それはできない。

メイリも素直じゃない性格だからとか照れ臭いからとか、そんな安っぽい話ではなくて――ちゃんと理由はある。


メイリは知っている。

アークの父親は王国にとっては英雄だが、家に帰れば理不尽そのものの暴君だった。

嫡子《ちゃくし》を鍛《きた》えることに血道《ちみち》を上げ、言葉で導くのではなく暴力で躾《しつ》けた。

獅子《しし》は我が子を千尋《せんじん》の谷に落とすというが、そんな美談の類《たぐい》では決してない。

アークへの愛情など一切《いっさい》窺《うかが》えなかった。

彼の心にあるのはただ国への忠義のみで、アークのことを己《おのれ》同様、王家の藩屏《はんぺい》に仕立てることしか考えていなかった。

では一方、アークの母親はどうか？

実は会ったことがない。

ただ古株の使用人たちが、噂しているのを耳にした。

彼女は貴族の常として政略結婚で伯爵家《はくしゃくけ》に嫁《とつ》ぎ、アークという正嫡《せいちゃく》を産むや、自分の役目は終わったとばかりに実家に帰ってしまったのだと。

そこで若い愛人たちを囲い、享楽的《きょうらくてき》な暮らしを送っているのだと。

腹を痛めて産んだ子を顧《かえり》みるどころか、指一本触れたことはないのだと。

生まれたばかりのアークを、抱きかかえもしなかったのだと。


そんな両親の元に生まれたからだろう、アークは他者からの愛情に飢《う》えている。

「『オレを大好きな奴』が好き」というのが本音なのも、その裏返しだ。

ひねくれ者だから、愛してくれと素直に言えないだけなのだ。

メイリが――メイリだけが気づいている、その事実。

だから、もし自分がアークに優しくすれば、愛情をたっぷり注《そそ》げば、彼は簡単にメイリのことを慕《した》ってくれるだろう。

顔も知らない母親からは得られなかったものを求め、メイリに夢中になってくれるだろう。

でも、そんなのはダメだ。

なぜならば――

（私は別にアーク様のお母さんになりたいわけじゃないんですよねえ）

そんな関係は望んでいない。

それではアークに慕われても、求められても意味がない。

だからメイリは、アークにわかりやすい優しさは向けないのだ。

甘やかしもしないし、むしろ苦言を呈したり憎まれ口ばかり叩《たた》く。

本当は自分だって、もっとストレートな愛情表現をしたいのに。


（はあ……どうしてこんな面倒臭い男を好きになっちゃったんですかね）


メイリは起こさない程度の力加減で、アークのおでこをピシピシ弾《はじ》く。

呑気《のんき》に寝こけている彼のことが、急に恨《うら》めしくなる。

でも仕方がない。昔から言うではないか、惚《ほ》れたら負けなのだ。

これまで通りアークにわかりづらい優しさを向け、減らず口を叩きながら側を離れず、事務的な態度で仕《つか》え、その実、愛情を持って尽くし続ける――自分にはそれしかない。

アークがメイリの望む形で、愛してくれるようになるまで。

いつまでだって。

（幸いアーク様も満更《まんざら》ではないご様子ですしね）

◇◆◇◆◇

「アーク様、起きてください。お客様がいらっしゃってますよ」

居間のソファで居眠りしていたアークは、乱暴に揺り起こされた。

ぼんやりと瞼《まぶた》を開けると、ソファ脇《わき》に立ったメイリが高圧的に睥睨《へいげい》している。

「――っんだよ。せっかくいい夢見てたのに」

アークは眠い目をこすりながら、渋々起き上がった。

「どうせろくでもない夢でしょう？」

「ンなことねえよ。膝枕されて、よちよちされてた夢だよ」

「ま、まさか起きて――」

「メイリと違って超優しくて、愛情たっぷりで、胸もデカくないお姉さんたちが代わる代わる甘やかしてくれてたのになあ！　ほんとおまえに邪魔されなきゃなあ！」

「やっぱりろくでもない夢でしたね」

櫛を持ったメイリが、アークの寝癖を整える。

まるで馬にブラシをかけるような乱暴さで。

不条理な仕打ちにアークは憮然《ぶぜん》となりつつ、

「で、誰《だれ》が来てるって？」

「テッカ様です。それともう一人、お連れ様が」

「またか。あいつはよく客を連れてくるな」

今度は誰だろうと思いつつ、メイリを供に応接間へ向かう。


「これはアーク様、ご機嫌麗《うるわ》しゅう」

「麗しゅうねえよ。最悪の目覚めを味わったところだよ」

応接間で待っていたテッカに、アークはまだ憮然顔で挨拶《あいさつ》を返す。

ソファから立とうとした彼女に、必要ないと手振りで示し、自分も対面に腰を下ろす。

話通り、テッカの隣《となり》にもう一人座っていた。

如何《いか》にも快活そうな雰囲気《ふんいき》のお姉さんだ。

しかも犬人《コボルト》である。

頭からはイヌミミが生え、おしりからはふさふさの尻尾《しっぽ》が生えている以外は、見た目はアークたちと何も変わらない亜人種。

（ただこいつもツラはいいのに、おっぱいデカいな……）

また悪魔の実《サロマいも》か。まーた悪魔の実《サロマいも》の仕業《しわざ》か。

決して太っているわけではないのだが、アークの好みからはかけ離れている。

(というかこんな奴《やつ》、村にいたか?)

不思議に思っていると、テッカが紹介してくれた。

「この村の近くに住むコボルト部族の巫女《シャーマン》で、シロ様と仰《おっしゃ》いますわ」

「はじめましてデス、ご領主サマ。新しくいらしたとは露知らず、ご挨拶が遅れて申し訳ありませんデス」

「へえ! 近所にそんな集落があったとは初耳だな」

「〝魔の森〟の中に先祖代々、穴を掘って隠れ住んでいるのデス」

「よくそんな危険な場所に住む気になったな……」

「実は〝魔の森〟のもっと奥には、コボルト族の地下王国があるのデス。でもアタシたちのご先祖様が追放されて、仕方なく比較的安全なこっちに引っ越してきた歴史があるのデス」

「おまえらも追放されたクチか……」

この追放村ときたら、ご近所さんまで追放仲間だったらしい。

またアークは「穴を掘って隠れ住んでいる」と聞いて、原始的な洞窟《どうくつ》暮らしを想像したが、

「ちょっとした地下迷宮《ダンジョン》ですわよ。コボルトはドワーフと並ぶ生粋《きっすい》の鉱夫《こうふ》で、わたくしが鍛冶《かじ》に使っている鉄鉱石《てっこうせき》も、彼らから譲《ゆず》ってもらっているものですわ」

「二か月に一度くらい、サロマ芋と交換でお届けに参っているのデス」

「ほーん。どっかからは入手してんだろうって思ってたが、そういうことか」

特に訊《たず》ねる理由もなかったのだが、謎《なぞ》が一つ解けた。

「それで今日はお届けに来たのか？」

「はいデス。今、集落の男たちがテッカさんの工房に運んでますデス。新しくなってびっくりしたデス。聞いたらご領主サマが〝ヌシ〟を討伐したおかげだって、二度びっくりデス」

「ワハハ、その通りだ！　もっとオレを褒《ほ》め称《たた》えるがいいっ」

「本当にスゴいデス。魔物をお一人で斃《たお》しちゃうのだってスゴいことなのに、〝ヌシ〟まで斃しちゃうなんて、まさに〝おひとりさまの中のおひとりさま〟デス！」

「それは褒めているのか……？」

アークは鼻白んだが、シロは屈託《くったく》なく「はいデス！」と断言する。

それから急に深刻な顔つきになって、一度生ツバを呑み込む。

アークを訪ねてきた本題を、切り出すつもりなのだろう――

「聞いたらご領主サマは、あの黄金竜さえ討《う》ち果たしたって、びっくりしたデス」

と何かすがるような目つきを、こちらを向けてくるではないか。

「ワハハ、その通りだ！　もっとオレを褒め称えるがいいっ」

「本当にスゴいデス。村を豊かにするために、ドラゴンまで斃して金塊《きんかい》を持ち帰るなんて、ちょっとできることじゃないデス。まさに〝成金竜殺し《ナリキンドラゴンスレイヤー》〟デス！」

「そこは普通に竜殺し《ドラゴンスレイヤー》でよくないか……？」

詩文センス皆無のアークでも、〝成金竜殺し〟なんてダサい異名はさすがに勘弁《かんべん》だった。

シロも素直に言い直して、

「その竜殺しのご領主サマに、アタシたちの集落も助けて欲しいのデス……」

「ほう。ま、話くらいは聞いてやろう」

「ありがとうデス！」

アークが鷹揚《おうよう》な態度で言うと、シロは感謝感激のていで説明を始めた。


事の起こりは六日前。

コボルト族の日常として、集落の拡大と採掘のため、男たちが坑道を掘り進めていた。

すると大きな地下空洞を掘り当てた。

珍しさも相まり、冒険心を刺激された男たちが早速、内部の調査を行ったが、これが最悪の事態であることが判明した。

地下空洞は強大な〝ヌシ〟である、九頭大蛇《ヒュドラ》のねぐらだったのだ。

不幸中の幸いで、ヒュドラは睡眠中であったため、男たちは忍び足で逃げ出した。

その後族長の判断で、シロら集落の巫女《みこ》たちが集められた。

シロたちは祈りを捧《ささ》げ、大地の精霊の力を借りて、地下空洞につながる坑道を分厚い土の壁で塞《ふさ》いだ。

事なきを得たと集落の皆が思った。しかし、早計だった。

地下空洞を探索した男たちが、次々と呼吸困難に陥《おちい》り、昏倒《こんとう》したのだ。

ヒュドラは毒の魔物で、地下空洞の空気にその吐息《どく》が混ざっていたのだろう。男たちはそれを知らず吸ったため、肺が冒《おか》されていたのだろう。というのが族長の見立て。

さらに族長の判断で、塞いだ穴の様子を調べにいった。

すると案《あん》の定《じょう》、土壁の汚染が始まっており、さらにヒュドラの毒が瘴気《しょうき》の如《ごと》く、じわじわと漏《も》れ出ていることがわかった。

このままではいつかは、地下集落全体に毒素が行き渡ってしまうだろう。

ならば今日まで大きくしてきた、先祖伝来の住処《すみか》を捨てるしかないのか。

あるいは元凶であるヒュドラを討伐《とうばつ》するか。


「――いくら議論をしても、答えが出せていないのデス。でもサイト村に偉大なご領主サマがいらっしゃったとテッカさんから聞いて、お力を借りることができればヒュドラ討伐ができると思って、こうしてお訪ねしたのデス」

「うううううううううううん」

シロの懇願に、アークは腕組みをして唸《うな》った。

（ぶっちゃけ雷獣公《らいじゅうこう》程度の〝ヌシ〟が相手だったら、ちょろっと力を貸してやって、メチャクチャ恩に着せてやるのもやぶさかじゃないんだが……）

相手がヒュドラとなると話が変わる。

昔読んだ文献《ぶんけん》から推測するに、アークにとっては黄金竜より相性が悪い魔物だ。

というのも、ヒュドラは強力な毒のブレスを吐く。

また「九頭大蛇《くずおろち》」の異名通り、首が九本もある大蛇なのだ。

そいつらが一斉にブレスを吐いてきたら、いくらアークでも回避しようがない。

黄金竜の時のように、喉元《のどもと》にもぐってハイセーフ！　みたいな安全地帯は存在しないと考えるべきだろう。

（コボルトどもを助けてやる義理もないしなあ。我が身が一番可愛《かわい》いしなあ）

よしサクッと断ろう！　とアークは決断しかけた。

ところがテッカが、シロに入れ知恵した。

「ほら、先ほど申し上げたでしょう？　アーク様は『ご自身を大好きな人々』が、お好きなのですわ」

「もしご領主サマがヒュドラを討ってくださったら、救世主としてみんなで崇《あが》めるデス！　永遠に語り継ぐデス！」

「……テッカよお。おまえ、オレのことおだてれば木に登る、チョロい男だって思ってねえ？」

「滅相《めっそう》もございませんわ。困難を打開する実力と、民を慈《いつく》しむ器量をお持ちの、偉大なご主君だと思っておりますもの。少々、お口が悪いだけで」

「チッ。言ってろ」

テッカがおべんちゃらで言ってるようには見えず、アークは舌打ち一つで許してやった。

一方、シロの方に向き直って、

「オレがヒュドラを斃してやったら、おまえら全員、一生恩に着るんだな？」

「もちろんデス！　コボルトは人をだましたりしない、朴訥《ぼくとつ》な種族デス」

「その点、わたくしも請《う》け合《あ》いますわ」

「ちなみにオレはスレンダーで綺麗《きれい》なお姉さんが好きだ。それを侍らせるのが目下《もっか》の野望だ」

「承知したデス！　集落で一番の娘を見繕って、お側仕えさせると約束するデス」

「いいだろう。そこまで言うならオレがヒュドラをぶっ殺してやる」

そしてイヌミミのスレンダーお姉さんをハーレムの一人目として迎え、よちよちしてもらうのだ！


「ところで、別におまえらのことは戦力としてアテにしてないが、コボルトの巫女《シャーマン》ってどんなことができるんだ？　一応、聞いときたい」

コボルト族は人間種族と全く交流がないため、文献にも詳しくない。

「大地の精霊にお願いして、地面の形を変えることができるデス。ただ大地の精霊は遥《はる》か地の底にいるので、お祈りするのが地表に近いところほど、届くまで時間がかかるデス」

「それは戦闘中にお祈りして、ヒュドラの足元にいきなりでっかい落とし穴を作るとか、そんな都合のいい力じゃないって感じか？」

「無理デス。直接戦闘ではまずお役に立てないデス。巫女はそういう仕事じゃないデス。ただ傷を治すのは得意デスので、お怪我《けが》があっても安心デス」

「ほう。試しにやってもらおうか」

そう言ってアークは両手をシロに向ける。

黄金竜を討つために、〈華々しき稲妻の魔剣〉を最大出力で抜刀したため、アークまで火傷《やけど》を負ってしまったのだ。

あれから半月以上経ってだいぶん癒《い》えてはいるが、まだ少し痛む。

「はい、診《み》せてくださいデス！」

シロはいそいそと傍までやってくると、まずアークの右手をとった。

そして、いきなり火傷痕《あと》をペロペロと舐《な》め始めた。

「くすぐったいだろ⁉」

「でもコボルトの巫女はこうやって、傷口を舐めて治すのデス」

びっくりしたアークにシロはそう説明し、また治療《ペロペロ》を再開する。

仕方なくアークは好きにさせる。

最初はムズムズして堪《たま》らなかったが、我慢しているとだんだんとそれが気持ちよくなって、癖《くせ》になる。

そしてシロが口を離すと、右手の火傷が綺麗さっぱり完治していた。

「次は左手を診るデス！」

「頼んだ」

こちらも最初はくすぐったかったが、それもすぐに快感に変わる。

いっそ怪我をしてないところも治療《ペロペロ》してもらおうかな――などと邪《よこしま》なことを考えていたら、

ちょうどお客に紅茶を淹《い》れてきたメイリに見つかり、白い目を向けられる。

「猫人《ケットシー》のミィ様の次は犬人《コボルト》ですか。見境《みさかい》ないですね」

「オレを色魔みたいに言うなっ」

アークは抗議したが、日ごろから「スレンダー美女を侍《はべ》らせたい」と公言して憚《はばか》らない男が言っても説得力はなかった。

ともあれコボルトの巫女の治癒《ちゆ》能力は大したもので、火傷は嘘《うそ》のようになくなった。

（ただなあ、これも戦闘中に使える力じゃないなあ）

悠長《ゆうちょう》にペロペロされている間に、殺されるのがオチだ。

もちろん、戦いに勝ちさえすれば、負傷のことを考えずにすむ利点は大きいけれど。

（ヒュドラを狩るのにコボルトどもの力は全くアテにできんな）

ならば毒のブレスをどう処理するか。

アークには一つアイデアがあって――

◇◆◇◆◇

魔術師ギルドを追放され、サイト村に流れ着いた壮年ケインズは、現在はその学識を活かし、薬草師として生計を立てていた。

この日も熱を出したという主婦を見舞い、煎《せん》じた薬を飲ませてやった。

薬が効くまでしんどそうにしていたので、同意をとって《誘眠《スリープ》》の魔法を使い、深い眠りにつかせた。

ただの薬草師には不可能なサービスだ。

傍《そば》で見守っていた旦那も、妻がようやく安らかに眠る様を見て安堵《あんど》したのだろう、

「いつもありがとうございます、ケインズ先生っ。こんな追放村で、先生はほんま救い神だっ」

「そういうのいいから、カミさんを大事にしてやんなよ。起きたら栄養があるものを食べさせてやんな」

謝礼金を受け取りながら、ケインズは照れ隠しでぶっきらぼうに言う。

すると旦那が難しい顔になって、

「それが粥《かゆ》を作ってやってたんですが、ウチのがサロマ芋は今見たくねえってワガママを……」

「だったら果物でもいい」

普段だったらこんな貧しい村のどこに、そんな上等な食べ物があるのかという話だが。

今は酒場の老店主《テムリス》が大量の食材を仕入れてきて、新領主《アーク》の振る舞いで誰でも無料でいただいて帰ることができた。

しかし男はまだ不安げに、

「……それなんですが、ほんまにタダでもらってもいいもんなんでしょうか？　単純な奴らは新しい領主のことを、前の領主みてえな外道《げどう》とは違ったって歓迎したり、中にはまるで生き神サンみたいに崇める奴まで出とりますが……。あっしはどうも裏があるように思えて」

「そうだな。そう疑うのが当然の話だ」

貴族なんて民を搾取《さくしゅ》することしか頭にない連中が、逆に貧しい村に施しをするだなんて、ケインズだって信じられなかった。

だからアークと仲良くしているテッカに、問い詰めてやった。

「新領主にも一応、下心はあるそうだ。なんでもあの小僧はガリガリに細い女が好きで、村の女たちを自分好みに痩せさせるために、サロマ芋中心の食生活を改善させたいんだそうだ」

「はあ……」

ケインズの話を聞いても、男は要領の得ない顔をした。

「そんなバカな理由があるか」「もっと邪悪な企《たくら》みがあるんだろう？」とそこに書いてあった。

ケインズも全く同感だった。

ただしアークの思惑がなんであれ、テッカ自身は完全にその「バカな理由」を信じていて、だから彼女をこれ以上問い詰めても無意味で、ケインズも引き下がるしかなかったのだが。

「ただしだ、ダンナ。新領主がどんだけ怪しくても、食い物自体に罪はねえ。だからカミさんに果物を食わせてやんな。それで新領主が後からゴチャゴチャ無理難題を要求してきたら、そん時こそ俺や他の気骨《きこつ》のある奴らが黙っちゃいねえ。前領主同様、力ずくで村から追い出す」

「なるほど、ケインズ先生がそう仰ってくれるなら、あっしも安心でさあ」

何度も何度も礼を言う男に見送られて、ケインズは土間一軒の民家を後にした。

そして帰路に就きつつ、舌打ちする。

（あの小僧め、尽《ことごと》く俺の忠告を無視しやがって……）

領主と村人で、互いを空気として扱うべきだと。それならアークが村に住むのも認めると。そう言ってやったのに。

なんなら村人の方から揉《も》め事《ごと》を起こしたら、ケインズが仲裁《ちゅうさい》するつもりでさえいたのに。

アークは人の忠告を聞かず、全村民に食糧を施すような真似《まね》を始めた。

悪いことではないが、干渉は干渉だ。余計なお世話だ。

（やっぱり領主なんて邪魔だな。追い出す手立てを考えておくべきだな）

サイト村に領主は必要ない――そう思っている村人はまだ残っており、ケインズは最右翼だ。

ギルドを追放されたのを機に、トラブル上等の生き方は改めたが、それでも必要とあらば、実力行使もアークとの衝突《しょうとつ》も辞《じ》さない
ケインズはそんなことをつらつらと考えながら、村の外れにある庵《いおり》に帰る。

すると中に人の気配を感じる。

薬を求める客だろうか？　しかしだったら、外で待っているはずだ。勝手に中に入るような無礼を、ケインズ相手に働く村人などいないはずだ。

まさかと思って庵に入ると――

「よう、遅かったな。ご領主サマを待たせるとは、いい身分だ」

案の定、アークがそこにいて、ふざけたことを抜かした。

勝手に人様の薬棚を物色し、貴重な霊薬《エリクサー》の瓶《びん》を目敏く見つけ、中身を舐めようとしていた。

連れてきていたハーフエルフのメイドは、止めようともせず知らん顔をしていた。

「勝手に漁《あさ》ってんじゃねえよ！」

「ほら、怒られた。だからダメだと言ったでしょう、アーク様」

「いいじゃんか。待ってる間、退屈だったんだよ」

言い訳にもなってない台詞《せりふ》を、いけしゃあしゃあとほざくアーク。

薬を制作するためのテーブルから椅子《いす》を引いて勝手に座り、エラソーに足を組む。

あまつさえ、

「魔術師ケインズよ。おまえにオレの援護をする栄誉をやろう」

などと言い出すではないか！

「はぁっ⁉」

「哀れなコボルト族が、偉大な領主であるオレに、救済を求めにきてなあ。なんでも地下集落が、ヒュドラの毒で汚染間際《まぎわ》だそうだ。それで黄金竜すら屠《ほふ》った英雄たるオレに、今度はヒュドラ討伐を懇願《こんがん》してきたというわけだ」

（なるほど、それは可哀想《かわいそう》にな……）

ケインズとて魔術師、すなわち知識階級の頂点にいる者だ。

実物を見たことがなくても、ヒュドラがどれだけ危険な魔物かは知識としてある。

だからコボルト族を襲った災難には同情しつつも、アークに対しては憎まれ口を叩く。

「結構な話じゃないか。さっさと退治してこいよ。俺の忠告を無視して、ミィと黄金竜を退治したみたいに。勝手にな」

「それがヒュドラは毒のブレスが厄介《やっかい》でなあ」

「知るかよ。せいぜい悶《もだ》え苦しめよ」

「生憎《あいにく》、自分を苦しめるのが趣味のマゾじゃないんだ。楽して勝ちたい主義なんだ。だからケインズ先生よ、オレを手伝え」

たとえ相手が強大なヒュドラでも、ケインズの協力さえあれば楽に勝てると、アークは確信を抱いた顔で、

「魔術師ギルドで若き天才を呼ばれたほどのおまえなら、《対毒障壁《アンチポイズン》》の魔法くらい朝飯前だろう？　それで援護《えんご》してくれれば、後はオレが勝手にやる」

と豪語《ごうご》した。

愚者《ぐしゃ》の大言壮語《たいげんそうご》だと、ケインズは一笑に付す気にはなれなかった。

アークは魔術師でもないのに、正確に《対毒障壁《アンチポイズン》》を指定してきた。

確かにあれなら、ヒュドラの毒もシャットアウトできる。

過去、幾人もの魔術師が残した実績と記録がある。

（それを知っているこいつは、単なる貴族のバカ様じゃない）

剣聖の息子だというから、強かったのはまあ理解できるとしてだ。

酒場でチンピラ農夫と同レベルの言い争いをしていたことから、てっきり低脳だと決めつけてしまっていた。

もしアークを追い出すとしたら、骨が折れそうだと思った。

「ケインズ先生は後ろから魔法をかけているだけで、安全にヒュドラ殺しの英雄になれるんだ。コボルトどもも、さぞやチヤホヤしてくれるだろうさ。美味い話だと思わないか？」

「それでも俺が手伝わないと言ったら、どうするんだ？」

「その時はコボルトどもを前に立たせて、オレの肉壁にするしかない。嗚呼《ああ》、可哀想になあ！　力を持つケインズ先生が非協力的なばかりに、力なきコボルト族たちがいっぱい死ぬんだろうなあ！　この世はまさに地獄だなあ！」

「ぐっ……」

アークの卑劣《ひれつ》な論法に、ケインズはにわかに反論できない。

メイドが主に対して「よくそんなサイテーなこと思いつきますね」とツッコんでいたが、アークはまるで悪びれた様子がない。

（やはりこいつは本性邪悪で、且《か》つ頭が切れる）

ケインズはますます新領主に対する警戒心を新たにする。

同時に言いっ放しにされるのが悔《くや》しくて、憎まれ口を返す。

「俺がおまえを疎《うと》ましく思ってるのは知っているだろう？　その俺が面従腹背《めんじゅうふくはい》で、ヒュドラと交戦中にいきなり援護をやめて、おまえを毒まみれにしたらどうする気だ？　危機意識が欠如《けつじょ》してるんじゃないか？」

「そん時はなりふり構わず逃げ切ってやるよ。そんでコボルトどもを肉盾にする作戦に変えるだけだ。ヒュドラを斃した後、山ほど転がってる死体の前で、泣きながらコボルトどもに訴えてやるよ。本性邪悪なケインズ先生が裏切らなかったら、この犠牲者は必要なかったのに！　ってな。あんた、末代まで恨まれるぜ？」

「ぐっ……」

ケインズはまたも息を呑む。

危機意識が欠如しているどころか、アークはちゃんと最悪のケースを想定した上で、協力を求めてきたのだと知る。

そして、

「なあ、先生──いい加減にしろよ？」

気の短そうなアークが、苛々《いらいら》しながら言い出した。

「おまえがオレを歓迎しないのは、前の領主が外道だったから、貴族そのものを毛嫌いしてるんだろ？　まあ、いいよ。そこまでは理解してやるよ。だがオレは黄金竜を討ち、村に山ほど食糧を施してやった。今またコボルトどもの要請で、ヒュドラを討とうとしてやっている。これぞまさにノブリス・オブリージュだ。力ある者の義務を果たしてるんだ。オレが前領主とは違うってことが、まだわからないか？」

滔々《とうとう》と語るアーク。

正直、おためごかしにしか聞こえない。

隣のメイドも白眼視して聞いている。

だがその言葉にはいちいち筋が通っている。通っているのだ。

そしてアークは、最後にこう言い放った。

「比べておまえはどうなんだよ、ケインズ先生！　その力があるのに、哀《あわ》れなコボルト族を見捨てるのか？　それで今夜ぐっすり眠れるのか？　外道はどっちだッ!!」

テーブルをドン！　と叩く。

その言葉の強さに、重みに、ケインズは打ちのめされたように後退《あとしざ》る。

今度こそもう一切の反論を失った。

だからケインズが口にできる言葉は一つだった。

「……わかった。協力する」

と。

◇◆◇◆◇

翌日、シロの先導でアークはコボルト族の地下集落へ向かった。

他に連れていくのはケインズだけ。

戦闘力ゼロのメイリは、もちろん留守番。

逆に拳法の達人であるミィはどうしたかというと――

「ミィたちケットシーとコボルトは、昔から犬猿の仲だニャ。助ける気にはならないニャ」

「犬と猫なのに犬猿なのかよ」

「でもアークくんと一緒に戦えるなら、過去の因縁《いんねん》は忘れるニャ。ラブ&バトルだニャ」

と張り切っていたのだが、そこにケインズが待ったをかけた。

「悪いが《対毒障壁《アンチポイズン》》という魔法の性質上、一度に二人にはかけられない」

「マジか。じゃあ今回はミィも留守番だな」

「残念ニャ。アークくんのお役に立ちたかったニャ。でもミィの身を大切に考えてくれる、アークくんの愛を感じるニャ」

（これで胸がちっちゃかったら可愛い奴なんだけどなあ……。残念な奴だよ）

と――どっちが残念かわからないことを考えながら――帯同は断念したという経緯だった。


また一方、出陣に当たってテッカが新しい防具を献上《けんじょう》した。

左手専用の、けばけばしいほど金ピカの籠手《こて》だ。

実にアーク好みのデザインで、メイリは「趣味悪……」とか呟《つぶや》いてたが、女にはこのカッコよさがわからんのだろう！

「黄金竜の鱗《うろこ》と心臓を触媒《しょくばい》に鍛えました、〈金火の籠手〉ですわ」

「地味な名前だな、テッカ。オレに相応《ふさわ》しい輝かしい銘《めい》にしろ」

「では〈煌《きら》めく金火の籠手〉と」

「気に入った！」

「……それでいいんですか」

詩文センスのなさをメイリにツッコまれたが、籠手に見惚《みと》れているアークには聞こえていなかった。


そんなこんながあって、サイト村を発つこと小一時間。

コボルト族の集落に到着した。

丘の下に恐ろしく広い空洞《くうどう》があって、土レンガでできたコボルトたちの家が立ち並んでいた。

「なるほど、立派なもんだ」

ここだけ見ても既に地下都市というべきレベルだし、この奥に採掘用の坑道が広がっているなら、テッカが地下迷宮《ダンジョン》と評したのも偽《いつわ》りなし。

ちなみにコボルトのような暗視能力はアークたちにはないため、ケインズが《照明《ライト》》の魔法を杖《つえ》の先端に灯《とも》している。

「もし気に入ったら、ちょくちょく遊びに来て欲しいデス」

「ワハハ、それはおまえらの歓待次第だな」

「何を偉そうに」

シロの誘いにアークが答え、その横柄な態度をケインズが腐《くさ》す。

せっかくメイリを置いてきたのに、ここにも口やかましい奴がいて気分を害す。

（メイリの苦言《ツッコミ》には愛を感じるが、こいつからは敵意しか感じないし！）

アークがケインズとメンチを切り合っていると――奥からゾロゾロ出迎えが来た。

眉毛《まゆげ》が垂れ下がった老コボルトの族長を先頭に、熱烈に歓迎される。

特に子供たちの「竜殺しの英雄なんだってさ！」「すっげー！」「かっけー！」という真《ま》っ直《す》ぐな羨望の目が、アークの自尊心を刺激した。

「よしよし、その調子でオレを気分よくさせろ。殺《や》る気も高まるからな！」

「俺はおまえの態度を見てると、逆に戦意が萎《な》えるんだが？」

再びケインズとメンチを切り合い――しかしその不毛さを、アークもすぐに気づく。

さっさとヒュドラのところへ案内させて、斃して、ケインズをとっとと用無しにすることに。

シロたちの先導で坑道を深く深くもぐっていき、件《くだん》の塞いだ土壁の前まで。

毒素が漏れ出しているようだが、ケインズが「この程度なら」と《空気浄化《エアクリーン》》の魔法を使い、その間にシロたち巫女が大地の精霊に祈りを捧げる。

そして坑道を塞いでいた分厚い土が、地中へ溶けるように消えていく。

ヒュドラのねぐらだという地下空洞が、眼前に現れる。

「よし。後は任せろ」

アークはケインズだけを連れて、ずかずかと突入した。

中は広く、天井《てんじょう》も見上げるほど高い。

だがヒュドラの巨体に比すと狭い。

一番長い首から尻尾の先まで三十メートルはあろうその姿が、ほどなく見えた。

今日はおねむではないようで、侵入者を殺意まみれの十八の瞳《ひとみ》でにらんでいた。

「《対毒障壁《アンチポイズン》》だ、ケインズ！」

「言われなくても、もうかけてやった」

「ご苦労。じゃあオレの勇姿を特等席で見てろ」

アークは〈華々しき稲妻の魔剣〉を意気揚々《いきようよう》と抜くと、知人でも訪ねるようにのんびり、ヒュドラの方へ向かっていく。

〝ヌシ〟からすれば、不遜で命知らずな小さな猿に見えたことだろう。

咎《とが》めるように毒のブレスを浴びせてくる。

が——ケインズの魔法により、不可視の壁がアークを包んでおり、不気味な色の毒霧を全く寄せ付けない。

「いい腕だな、ケインズ先生。望むなら領主付き魔術師に取り立ててやるぞ！」

「寝言をほざいてないで、さっさと突っ込め。できれば相打ちになってくれ」

後ろに残したケインズと憎まれ口を叩き合いつつ、アークはヒュドラとの距離を詰めていく。

対してヒュドラは——ブレスが効《き》かないと見るや——顎門《あぎと》を開き、噛《か》みかかってきた。

それをアークはあっさり見切り、横っ飛びでかわす。

ヒュドラはまた別の首を伸ばしてくるが、それも前ダッシュで回避。

その調子で〝ヌシ〟は九つの首を駆使して、次々と連続攻撃を繰り出してくるが、アークは尽くよけまくる。

手数（首数？）を活かした飽和攻撃ではなく、ただの単発攻撃の連続なら全く恐くない。

（思った通りだ。こいつの巨体に比べてオレが小さすぎるんだ。だから一斉に首を伸ばそうと思っても、互いが邪魔でできない）

黄金竜以上に、組織で戦うのが仇《あだ》になる〝ヌシ〟といえよう。

ミィの帯同をあっさり諦《あきら》めた理由でもあった。

毒のブレスさえシャットアウトできるならば——目を観て心の動きを読むアークにとって、十八の瞳を持つヒュドラは情報の塊《かたまり》でしかないお客様だった。


「ま、こんなものか」


アークは攻勢に転じ、ヒュドラの噛みつきをかわし様、逆に口角を抉《えぐ》るように斬りつける。

ヒュドラの特性として強力な再生能力も持っているのだが、それははじめから懸念《けねん》してない。

傷口をすぐに焼けば、再生できないことを文献で読んだことがあるからだ。

そして〈華々しき稲妻の魔剣〉ならば、斬ると同時にそれができる。

さらに念を入れて、〈煌めく金火の籠手〉の力も使う。

テッカ謹製のこの新装備は、掌《てのひら》から金色《こんじき》の烈火を放つ魔力を持っている。

斬って、焼いて、散々に苦しめる。

黄金竜に比べれば所詮《しょせん》は生身だ、どんなに巨体でも柔らかいことこの上ない。

「「「YYYYYYYYYYYYYYYYYYYY⁉」」」

「ハハハ、頭が九つもあると悲鳴もやかましいな！」

アークは哄笑《こうしょう》し、痛みでのたうつ首の一本を斬り飛ばす。

「少し静かにしてやったぞ、ハハハハハ！」

そして太い首の断面を、さらに籠手から放つ金火で炙《あぶ》り尽くす。

悪魔みたいな形相で！

◇◆◇◆◇

ケインズは瞠目《どうもく》していた。

そして戦慄《せんりつ》していた。

ヒュドラを相手取ったアークの戦いぶりが、あまりに凄《すさ》まじいからだ。

《対毒障壁《アンチポイズン》》の援護があるとはいえ、もはや一方的だからだ。

（ここまで強いとはさすがに想像してなかった……。ミィと一緒に黄金竜を斃したって聞いたが、もしかしたらほとんどこいつ一人で殺ったんじゃないのか……？）

そんなことを考えている間にも、アークは二本目の首を斬り落とし、傷口を金火で焼く。

（こいつは危険だ……）

ケインズの額を、一筋の汗がじっとりと流れ落ちる。


今はまだアークは村に害を為《な》していない。

むしろ多大な益をもたらしている。

しかし、それが果たしていつまで続くものか。ケインズには疑わしい。

事実、アークがろくでもない性格をしているのは、少し話してみればわかる。

長年付き添っているらしい、ハーフエルフのメイドも庇《かば》いもしない。

（やっぱり今ここで、死んでもらうべきじゃないのか……？）

ケインズの脳裏に危険な思考がよぎる。

霊力（魔力）を少し操《あやつ》って、アークにかけている《対毒障壁《アンチポイズン》》を打ち切れば、それだけで猛毒に冒され死ぬはずだ。

本人は何が何でも逃げ切ると豪語していたが、ケインズとてその時は何が何でも足止めをするつもりだ。

心の準備はしてある。

《対毒障壁《アンチポイズン》》は一度に二人にかけられないと言ったのだって、嘘だ。

いざとなったらアークだけ殺すため、善人のミィは巻き込まないため、方便を使った。

（……だが、本当にそれでいいのか？）

覚悟は決めてきたはずなのに、ケインズは踏ん切りをつけられない。

まだ何も悪事を為していないアークを、今だってコボルト族のために戦っている青年を、「将来の禍根《かこん》になるかもしれない」なんて理由で殺せるほど、ケインズは冷酷になれない。人でなしになれない。

そもそもがお人好しなのだ。口が悪くて誤解されがちなだけで。

ギルドに追放されても、魔術師としての栄達の道が断たれても、腐ることなくこんな辺境の村で、薬草師として人々を助ける生業を黙々と続けている。

そういう男だ。

（……オレはいつか、この選択を後悔することになるかもしれない……）

ケインズはそう考えながら、己が霊力を高めた。

額《ひたい》に集め、練り上げるイメージだ。

魔術師の基礎にして奥義《おうぎ》だ。

そうして新たな魔法を行使した。

掲げた杖の先から、途方もない熱量の烈火を放ち、ヒュドラの頭の一つを消し炭に変えた。

魔術師ギルドでも十人と使い手のいない――《極炎嵐《ハイファイアストーム》》の魔法。

ケインズはこれを十八歳の時に習得し、天才の名をほしいままにした。


「オイオイ！　やるじゃねえか、ケインズ先生よ！　むしろ最初っからやれよなあ」

「いいから戦いに集中してろ。剣士《おまえ》は魔術師《おれ》の肉壁なんだ、足元すくわれて死ぬなよ！」

ヒュドラほどの〝ヌシ〟を相手に、憎まれ口を叩き合う余裕のある二人。

残る首は六本。

どちらが多く落とせるか、競うように戦いを続ける。

そう――
アークの剣技にケインズの火力支援まで加われば、ヒュドラなどもはや敵ではなかった。

◇◆◇◆◇

凱旋したアークとケインズを、コボルト族は狂喜乱舞《きょうきらんぶ》して迎えた。

そのままお祭り騒ぎで歓待してくれた。

しかもこの後、集落一のスレンダーお姉さんを差し出してもらう約束だし、アークはもう有頂天だった。

否、有頂天のはずだったのだが——

「ささ、ご領主様。十年寝かせた秘蔵の（サロマ芋）焼酎《しょうちゅう》です。どうぞ一献《いっこん》」

「あ、うん」

陶磁器の壺《つぼ》を持った老族長手《て》ずから酌《しゃく》をされ、（アルコールに弱い）アークは正直困った。

ドラゴン殺し、ヒュドラ殺しの英雄なら、当然豪快に飲み干すはずだという周囲の期待（というか圧）を前に、どう格好つけたままやりすごそうかと冷や汗をかいた。

（いや、ケインズだって酒は強くないはずだっ。前に葡萄酒《ぶどうしゅ》をチビチビ舐めてたのを見たことあるしな！　よし、まずはあいつをスケープゴートに使おう）

と思ったら、既《すで》に秒で酔《よ》い潰《つぶ》されてた！

意外とお酌を断れない性格なのか、そんなに弱いなら飲まなくてもいいだろうに。

周りの大人たちは慌《あわ》ててつつも、「いや雑魚《ざこ》すぎでしょ」と呆《あき》れ顔。

さらにガキどもが「雑魚すぎ？　英雄さんなのに雑魚すぎ？」「やーいザーコ、ザーコ」と囃《はや》し立てながら、棒でケインズのあちこちをツンツンしている。

アークは絶対にあんな晒《さら》し者扱いされたくない。絶対にだ。

だから、

「うわあああっよく見れば族長っ。貴様が持っているその酒器、見事なものだなあああっ」

と無理やり話題を作って空気を変える。

そして興味もないのに、族長が持っていた焼酎入れの壺に注目する。

自分でも苦しい誤魔化《ごまか》し方だなと思っていたが、

(ん……？　いやマテ、この壺マジでいいモンだぞ)

元は鮮やかなコバルトブルーだっただろう陶磁器製の壺が、焼酎の長期熟成に使われ、色がくすんで、なんともいえない塩梅《あんばい》の器肌になっている。


そもそもの話として——ここ大陸西部の富裕層は、コバルトブルーの陶磁器を好む。

ところが、どうやって釉掛《くすりが》けすればその色になるのか、製法が未《いま》だ不明。

なので時折《ときおり》、市場にひょっこりと現れるそれを、富裕層がこぞって大金を投じ、獲得レースが発生するほどである。

過去には戦争で大功を立てておきながら、領地よりも青い陶磁器《コバルトブルー》が褒美に欲しいと言った将軍もいるし、友人が自慢した逸品《いっぴん》を「殺してでも奪い取る」と言って実行した貴族もいる。

そんな人々を熱狂に駆り立ててやまない代物を、どうしてこの族長は持っているのか？

否、よくよく注視して見れば——周囲にいるコボルトの多くが、コバルトブルーの杯や酒壺、皿といった陶磁器を、気軽に使っているではないか。

ケインズの《照明《ライト》》だけが頼りで辺りが薄暗く、気づくのが遅れた。

（青い陶磁器は、コボルト族の伝統工芸だって唱えた賢者も、大昔にはいたんだよな……。コボルトが持ってる不思議な力で、銀を腐らせたら青い釉薬《ゆうやく》ができるんだっつって）

一時はその考えが主流になって、だからコボルトの青《コバルトブルー》の名で呼ばれるようになったのだと、ものの書物で読んだことがある。

一方で否定する文献もたくさんあって、昔の貴族が十人ほどのコボルトを奴隷《どれい》にして実験したが、誰も銀を腐らせることはできなかったというエグい話もある。

なんにせよコボルトはほとんど人前に姿を見せないため、今日まで真偽《しんぎ》は判然としていない。

果たして真相は如何に？

族長が小声になって教えてくれる。

「集落を救ってくださったご領主様にはお話しいたしますが——確かに青い陶磁器は、コボルト族の伝統工芸といえますでしょう。銀を腐らせるのではなく、巫女が大地の精霊に祈りを捧げることで、青く変色させるのです」

「なるほど巫女だけの力か！」

「我らもこの色を好みますし、あなた様方も好んでいらっしゃるのを知っております。それでコボルト族は時折、人間相手に売りに出すのです」

「たまに市場にひょっこり出るのは、そのためか！」

「ですが本当にたまのことです。頻繁《ひんぱん》に売りに行けば、足がつきます。青い陶磁器を作っているのがコボルトだと真相が広まれば、奴隷にして量産させようというコボルト狩りが始まりかねません。事実、数百年前にはそんな歴史があって、ご先祖様方はわざわざ危険な〝魔の森〟に逃げ、隠れ住んだのだと言い伝えられております」

「コボルト族が人前に出てこないのは、そういう理由か！」

「我々はドワーフ族のように、人間の王国と戦うことができるほどの強さも数もいないのです」

「聞けば聞くほど腑《ふ》に落ちることばかりだな！」

とアークは知的好奇心を刺激されて、膝《ひざ》を叩きまくる。

そして、族長から焼酎の入った酒壺を借り、矯《た》めつ眇《すが》めつ検《あらた》める。

（うぅむ……これなんかドチャクソ高く売れそうだな。それこそ人を殺してでも欲しいって奴がいても、おかしくないレベルだ）

アークは芸術品が金目のものにしか見えないタイプの、感性が死んでいる俗物《ぞくぶつ》で、でもだからこそ客観的に商品として評価できた。

（集落を探せば、もっといいのがあるかもしれん……。それを二、三個譲ってもらえば……）

と、次から次へ考えが浮かぶ。

悪だくみだ。

知らず口元が邪悪に歪《ゆが》み、見ていた族長をハラハラさせる。

しかし悪だくみ《かんがえ》がまとまりきるまえに、思考を中断させられた。

シロがアークの傍までやってきたからだ。

しかもまた偉くおめかしして。

サロマン王国でも中産階級以上が結婚式で使う、花嫁衣装《はなよめいしょう》に似ていた。

ただし純白ではなく、青とのツートンカラー。

さらに薄く化粧も施している様子。

「なんだ、シロ。どっかに嫁ぐのか？」

「はいデス。似たようなものデス」

「ほーん。めでたいじゃないか」

アークは百パーセント他人事で、どうでもよさそうにお祝いした。

すると今度は族長が、

「ご領主様のご要望通り、我が集落で一番細身で美しい娘をご用意いたしました」

「えっ、どこどこ？　スレンダー美女どこ⁉」

「もちろん、このシロでございますとも。本人も乗り気で、ご領主様ほどの英雄でしたら、ぜひお側仕えしたいと」

「ふつつかなコボルトですが、末永く可愛がって欲しいデス！」

「……は？」

アークは思わずシロのおっぱいをガン見した。

世の男なら垂涎物《すいぜんもの》の、ワガママおっぱいを。


「こいつのどこがスレンダーなんだよ⁉」

「し、しかし我が集落で、シロより細身の娘はおりませんが……」

「アタシのくびれたお腹周り、見て確認するデス？　恥ずかしいデスけど、主サマになら」

「ぐわあああああコイツラ、テッカやミィとおんなじこと言い出しやがった！」

こんなん詐欺だッ！　と頭を抱えてのけぞるアーク。

そしてこの世界を憎んだ。悪魔の実《サロマぃも》に食を支配された、この王国《せかい》を。

これでヒュドラ討伐が楽勝じゃなかったら、コボルト族まで恨んでいたかもしれない。

「シロはもらっていく！　ただし愛妾枠《あいしょうわく》じゃなくて典医《てんい》としてなっ」

「ガーン。可愛がってはもらえないデス？」

「ご領主様……口幅《くちはば》ったいことを申し上げますが、あまり女に恥をかかせるものでは……」

「うっせ、うっせ、うーっせ！　救世主のオレが言ってんだからオマエラは黙って従えッ」

アークが暴言を吐き散らすと、シロや族長だけでなく皆が苦笑いになった。

だんだんとこの英雄の性格がわかってきて、でも集落を救ってくれたのだから可愛いものだ、憎めない、仕方ないお人だなあ、とそんな顔だった。

一方、アークは悲劇の主役ばかりに天を仰《あお》ぎながら、

（嗚呼っ……オレのスレンダーお姉さんハーレムは、なんて遠い夢なんだ……）

益体《やくたい》もないことを考えていた。

なので青い陶磁器のことは、村に帰るまで思い出さなかった。

◇◆◇◆◇

サロマン王国の法務大臣を務めるその老人は、名をモラクサという。

およそ二か月前、財務大臣アイランズと共謀し、アークに冤罪《えんざい》をかけて流刑に処した張本人である。

在職十六年。佞臣《ねいしん》集団「宰相派」の重鎮で、絶対的な権力を持つ宮廷貴族。

もちろん、財貨も唸るほど蓄えてある。

サロマン王国は現在、未曾有《みぞう》の経済恐慌《きょうこう》に見舞われているが、モラクサにとってはどこ吹く風だ。

物価がどれだけ高騰《こうとう》しようが、びくともしない財力がある。

逆にこういうイカれたご時世だからこそ、転がっているチャンスは意外とあるもので——

「大臣閣下に折り入って、買い取っていただきたい品がございまして」

王都でも指折りの豪商が、モラクサの屋敷を訪ねていた。

そう言って応接間のローテーブルに並べたのは、見事なコバルトブルーの陶磁器だ。

モラクサが大の好事家《こうずか》、蒐集家《しゅうしゅうか》だということを知らない者は、国内の富裕層にはいないだろう。

それほどに有名な話だった。

だから経済恐慌が起きて以降、連日のように誰かが青い陶磁器を売りに来る。

普段はどんなに大金を積まれても、絶対に手放そうとしない連中が、このインフレ禍《か》に喘《あえ》いで泣く泣く金に換えようとするのである。

誰もが背に腹は代えられない。

極端なインフレ下では、こうした芸術品や嗜好品《しこうひん》の価値が下がる。

目の前の商売のための運転資金や、生きていくための必需品を贖《あがな》うのに、とにかく金入りになる。


モラクサにとってはまさにバーゲン市だった。

日ごろは売りもに出されないコバルトブルーの逸品が、向こうの方から押し寄せる。

しかも最初はふっかけてくるが、モラクサがちょっと渋る態度を見せると、すぐに常識的な価格か少し割安でもいいから買って欲しいと、泣きついてくるのである。

(まさに経済恐慌サマサマだな)

最初は泡を食っていたモラクサも、事ここに至って考えを改めていた。

どんなに王国が傾こうと、知ったことではない。

どうせ老い先短い身だ、己の財産を食い潰すころには、天寿を全うしている。

たとえ王国が滅びようとも、自分だけは逃げ切れる。

王室への忠義だとか、愛国心だとか、かけらも持ち合わせていない。

権力者は長くその地位にいると必ず腐る——それを体現している男なのだ。

「どれどれ、見せてもらおうか」

モラクサは嫌らしい笑みを隠そうともせず、並べられた三つの陶磁器を鑑定する。

色合いといい、絵付けといい、どれも素晴らしい逸品だ。

「これほどの品をまだ秘蔵していたとは、貴様も往生際《おうじょうぎわ》が悪いな」

「とんでもないことでございます、閣下。我が商会にもそんな余裕はございません。この三品は、たまたま入手できたばかりのもので」

「ほう。これほどの逸品が一度にか」

ひどく興味の惹《ひ》かれる話題で、モラクサは前のめりとなった。

商人が内心ニタリとしたのにも、気づかないほど夢中だった。

「大臣閣下はテムリス老のことを、憶《おぼ》えておいででしょうか?」

「無論だとも。貴様と親しくしていたこともな」

「滅相もございません、閣下。奴はただの商売仲間で、親交を結んでいたなどと決して」

商人は慌てて手を振ってみせるが、モラクサも別に気にしてない。

とにかくサロマン随一の豪商だったテムリスのことは、よく憶えていた。

なにしろテムリスから借りた金が膨大《ぼうだい》になって、返すのが億劫《おっくう》になって、だから小さな罪をほじくり返して商会を潰してやったのは、モラクサを中心とした宮廷貴族たちなのだから。

法務大臣の権限を悪用すれば、わけもないことだった。

そして追放されたテムリスに対して、目の前にいるこの男は手を差し伸べもしなかった。

商人同士のつき合いなど、そんなものだ。

血も涙も通ってはいない。

「それで、そのテムリスがどうした？」

「はい、閣下。私も最近知ったのですが、テムリス老はサイトなる辺境の村に流れ着いていたようで」

「ほっほ、あの追放村《はきだめ》にな」

「恥ずかしくて人前には出られなかったと申すのですが、それがこのたび、昔の誼《よしみ》を頼って私に接触してきたのです。恐慌で孫に食わせる金もなくなり、秘蔵していたこの青い陶磁器《コバルトブルー》を買い取って欲しいと。背に腹は代えられないと」

「なんとっ。財産は根こそぎに没収してやったと思ったが、まだ隠し持っていたのかっ」

「しかもテムリス老の口ぶりでは、他にもまだまだ秘蔵している様子でした」

「ううむ、かつてサロマン一と謳《うた》われた大商人の蒐集品《コレクション》か……」

それがどれほど素晴らしいものか、目の前の三品を見ただけでも想像が膨《ふく》らむ。

（全て欲しいな）

一言、モラクサはそう思った。

それこそ人を殺してでも。

村を滅ぼしてでも。

栄華を極め、且つ老い先短いモラクサだからこそ、これほど心が躍《おど》る話はもう二度とないかもしれない。


商人から陶磁器を三つとも買い取った後、モラクサは腹心の部下を屋敷に呼びつけた。

先に法相府《ほうしょうふ》で資料を調べさせておいた。

「サイト村は確か、長らく領主不在であったな?」

「はい、閣下。先ごろフィーンド男爵アークが新たに領主に任じられましたが——それまでの五年間は、村民どもが武力で前領主を追い出したため、王国にまつろわぬ土地と化しておりました」

「全く不逞《ふてい》の村民どもだ。ならば税も五年、滞納していたはずだな?」

「仰せの通りにございます、閣下」

「由々しき話だ。法務大臣として見過ごしておけん。陛下にもご注進申し上げ、厳罰《げんばつ》に処す必要があるな——」

【第五章】追放村の意地

アークは領主館の食堂で、遅めの昼食をとっていた。

メイリが炙《あぶ》り焼きにしてくれた鴨肉《かもにく》に、舌鼓《したつづみ》を打っていた。

「これは美味《うま》い！　絶品だな！」

と上機嫌で褒《ほ》めちぎる。

元々メイリは料理が上手《うま》い。有能メイドだ。

加えてこの鴨自体が良いものだし、熟成具合も完璧《かんぺき》だ。

食欲をそそる桃色の肉を噛《か》みしめると、肉汁があふれ出てくる。

歯応えも充分ありつつ、決して硬くはない塩梅《あんばい》。

もう遠い昔のように思えるが、伯爵家《はくしゃくけ》でのご馳走三昧《ちそうざんまい》の日々を彷彿《ほうふつ》させる美味だ。

「こんな鴨肉、よく手に入ったな？」

テムリスが黄金竜のゴールドを元手に、食材もごっそり仕入れて帰ってくれたが、保存の効かない生鮮食品は真っ先に消費し尽くされていた。

「今朝方、ヴェスパ様が届けてくれました」

「誰《だれ》だ、そいつ？」

「アイシアさんの旦那さんでフレンちゃんのお父さんですが？」

給仕に立つメイリが、葡萄酒《ぶどうしゅ》を新たに注《そそ》いでくれながら答えた。冷ややかな目で。

「冗談だよ。野郎でもムカついた奴《やつ》は一生忘れない主義なんだ」

「アーク様は本当におよろしい性格をしてらっしゃいますね」

「褒めんな」

「照れんな」

と今日も今日とて減らず口の叩き合いをしつつ、

「真面目《まじめ》な話、ヴェスパはどこでこんないい鴨、手に入れたんだよ？　秘密のルートを隠し持ってるのか？　ずるいぞ」

「実は相当腕のいい猟師さんだったそうですよ」

「この村に猟師なんていたのか⁉」

目の前に森があっても、魔物が徘徊《はいかい》するからと誰一人入ろうとしなかったのに。

だから村中総出で、悪魔の実《サロマいも》をせっせと育てていたではないか。

「アーク様が近隣《きんりん》の魔物を追い払ってくださったおかげで、猟師に戻る決心がついたとか。狩りの勘も最近ようやく戻ってきて、アーク様への感謝で一番の獲物《えもの》を届けてくれたんですよ」

「おお、ようやくオレの話を聞く奴が現れたか！」

メイリの説明を聞き、アークは勝ち誇って快哉《かいさい》を上げた。

魔物たちの一部強個体が、〝ヌシ〟と呼ばれるのは伊達《だて》ではない。

連中は強さに比例した広さの縄張りを持っている。

そして、もし〝ヌシ〟が討ち果たされた場合には、他の魔物たちは怯《おび》えてその縄張《なわば》りから逃げ去り、二度とは戻ってこないという習性があるのだ。

アークはサイト村に来た翌日に、〝ヌシ〟の雷獣公《らいじゅうこう》を斃《たお》している。

だから村のすぐ傍にあった奴の縄張りは、もはや安全地帯だとお布令《ふれ》を出していたのだ。

なのに愚民《ぐみん》どもは信じようとせず、誰も森に入って確かめようとはしなかったのである。


「ヴェスパさんはユニコーンを狩るのに、〝魔の森〟に入りましたからね。その時にアーク様のお布令が真実だとわかったそうです。そして、ヴェスパさんが平気で毎日狩りに出かけているのを見て、他の村人たちもようやく信じるムードになってきています。冬に入ったら近隣の開墾《かいこん》を始めようという声も上がってますよ」

「全く愚民極まれりだな！　理解できるまでが遅い」

「自分の命がかかってますからね。お布令なんてそう簡単には信じられませんよ。まして前の領主にひどい目に合わされた経験があるんですから」

「やはり無知蒙昧《むちもうまい》な連中だな。オレの際立《きわだ》った素晴らしさが、すぐにわからないとは」

「むしろ最近はアーク様のことを認めつつあるのが恐いんですよね。無知って本当に罪ですね」

「いやいやオレの徳の高さを未《いま》だ認めない連中の方がヤベーって！　なんのために美味いモンを恵

んでやってんだよ」

「下心はどうあれアーク様が今後もずっと慈善《じぜん》を施《ほどこ》されるなら、私もいちいち苦言を呈《てい》さずに済んで、助かりますね」

　素直ではない口ぶりだったが、メイリまで珍しくアークを称賛した。

「コボルト族の方々に対する態度もそうです。アーク様が最初、助けてやる代わりに美女を差し出せとか息巻いていた時は、『●ん●ん壊死《えし》すれば面白《おもしろ》いのに』と思っておりましたが。結局はそんな無体はなさらず、シロ様をご典医《てんい》としてお側《そば》に迎えるだけで、正直感心いたしました。たとえコボルト族の中に、アーク様好みの女性がいなかっただけだったとしても」

「ホント一言多いな、おまえ」

「シロ様を連れてきてくださって、私は素直に感謝しておりますよ？」

とメイリは自分の両手を広げて見つめ、少しうれしげにした。


　シロは現在、領主館に典医として住まわせている。

　メイリは同性の話し相手ができて喜んだし、巫女の治癒能力《ペロペロ》にも助けられていた。

　意外かもしれないが、メイドというのは生傷が絶えない仕事だ。

　包丁で指を切ることもあるし、薪を暖炉に運ぶのに擦《す》り傷《きず》をこさえることもある。

　毎日の洗い物や洗濯で、手が水荒れするのも、メイリは娘心にも気にしていた。

　まして彼女は一人でアークの世話と館の管理をしているのだから、なおさらの話。

それが今はシロの治療《ペロペロ》のおかげで、貴族令嬢のような綺麗《きれい》な手をしていた。

なおそのシロは本日、怪我《けが》人の治療《ペロペロ》に出かけている。

本来はアーク専用の典医だが、女性とヒトケタの子供限定で往診を許可しているのである。

なぜ男はダメかといえば、もちろん治療《ペロペロ》させるのが気分的に嫌だからだ。

もし食事事情の改善でシロのおっぱいが痩《や》せたら、その時は囲うつもり満々だからだ。

村人に対しては「シロの治癒能力は貴重なものだが、亡き偉大な父の教えで女性には優しくするようにしている」『あと子供は村の宝だ」と、大嘘《うそ》の弁明をしておいた。

それに村人たちの方でも、魔法に等しいシロの治療《ペロペロ》を神の奇跡の如《ごと》くありがたがって、「おいそれと診てもらえないのも当然の話」「むしろ女子供だけでも治してもらえるだけ、新領主は有情《うじょう》」と勝手に納得していた。

まあ、それも領主《アーク》に対する村民感情が、メイリの言う通り好転していたからであろう。

加えてサイト村は――追放者ばかりという特殊事情のため――男女比が七：三と偏《かたよ》っており、女性を大切にするのが当然という風潮《ふうちょう》がある。

そしてアークが大満足で昼食を終えたころ、シロが帰ってきた。

しかもやけに騒々《そうぞう》しいと思っていたら、

「怪我人がミィだと知っていたら、治療しに行かなかったデス！」

「黙《だま》れだニャ。アークくんに触発されて、ミィも魔物退治の日々を送ってるのニャ。つまりは騎士が領主サマのために、名誉の負傷をしたみたいなものだニャ。典医なら治して当然だニャ」

「じゃあ治してあげてもいいけど、ちょっとは感謝の色を見せて欲しいデス！」

「シロこそアークくんのために命を懸ける、ミィに感謝するニャ」

と口論しながら、ミィを連れて帰ってきた。

犬人《コボルト》と猫人《ケットシー》は犬猿《いぬさる》の仲だそうだが、どうやら本当らしい。

シロもミィも人懐《ひとなつ》こい性格をしているのに、この二人が顔を合わすとすぐ険悪になる。

「主サマ、聞いてくださいデス！　ミィがひどいのデス！」

「アークくん、聞いて欲しいニャ！　シロが横暴なのニャ！」

食後のお茶を待っていたアークに、二人が左右から訴えてくる。

シロがわーん！　と抱きついてくれば、ミィが奪うようにアークの頭を抱き寄せて、それをシロがさらに奪い返すように抱き寄せて――とアークの側頭部に、そのたびに二人の実りに実ったおっぱいが押し付けられて、渋面《じゅうめん》にさせられる。

（なんでオレってこう女運がないの？　神様に見放されてるの？）

これが美人のスレンダーお姉さんだったら、二人に取り合われるなんて男冥利《みょうり》に尽きたのに。

「今日もモテモテ（笑）ですね、アーク様は」

「失笑しながら言う台詞《せりふ》じゃねえぞ、メイリ」

紅茶を淹《い》れて戻ってきたメイリの皮肉に、アークはますます渋い顔になる。

いやー――美女と美少女たちにいじられているうちは、まだよかった。
本当にムカつく事件は、その後からやってきたのだ。

◇◆◇◆◇

「大変ですわ、アーク様！」

そう叫ぶとともに、息せき切って馳《は》せ参じたのはテッカだった。

「おまえは本当に厄介事《やっかいごと》ばかり持ち込むな」

「どうされました、テッカ様！」

アークが思わず呟《つぶや》いた嫌味《いやみ》を、有能メイドが大声でかき消してくれた。

「たった今、王都から使者がやってきて、村が滞納《たいのう》していた税を払えと、一方的に通告して参りましたわ！」

とテッカが息も整えようとせずまくし立てる。

聞いてミィとシロがぎょっとなり、落ち着いているのはアークだけ。

「ほーん。それを領主であるオレにでなく、なんでおまえに？」

「わかりません……。それに私一人に伝えたわけではなく、村に騎馬《きば》で現れるなり、皆の前で大声で触れて回ったのです。おかげで皆もパニックですわ」

「じゃあそのパニックにさせるのが目的だったんだろう。他に何かほざいてなかったか？」

「それが五年も滞納した罰で、十倍にして支払えと無茶な通告をして参りましたわ。もし払えなければ、村にある物を根こそぎ没収すると。それにも応じなかったら、軍で村に攻め入ると……」

「ほーん。ムチャクチャ言いやがるな。確かに税の滞納は村人《オマエラ》の罪だが、それにしたって十倍払いも処刑も過剰すぎる。どこのバカがなんの権限でほざいてるんだ？」

「わたくしもそう思って使者に問《と》い質《ただ》したところ、法務大臣モラクサ卿《きょう》のお達しだと……」

「しかも国王の裁可《さいか》も既《すで》に受けている——ってところか？」

「え、ええ。仰《おっしゃ》る通りですわ」

「オレが宮廷裁判で法務大臣《ジジイ》に追放された時も、既に刑が確定していた茶番だったからな」

国王を傀儡《かいらい》にして国法さえ捻《ね》じ曲げる「宰相派《さいしょうは》」どもの、やりたい放題だ。

あの時の怒りをふつふつと思い出して、アークは物騒《ぶっそう》な笑みを浮かべる。

そして、無造作に席を立つ。

「どちらへ行かれるのですか？」

「オレの剣を持て、メイリ。ちょっとその使者の首、刎《は》ねてくる」

「『ちょっと』で王国の使者を殺さないでください。阿呆《あほう》ですかアーク様は」

「ええー。賢い選択だと思うけどなあ」

顔色も変えずツッコんでくるメイリに、アークは不満タラタラで答える。

テッカが「使者殿はもうお帰りですわ」と言わなかったら、本当に手打ちに行っていた。

一方、ミィとシロも執《と》り成《な》すように、

「いくらその使者がムカついても、ぶっ殺したらそこで交渉決裂だニャ」

「十倍払いは大変デスけど、主《あるじ》サマは黄金竜を討って儲けたお金があるデスよね？　それに物納が許されるなら、酒場のご店主が仕入れてきた備蓄《びちく》が十年分、あるデスよね？」

「もったいないけど、それで済ませるべきだニャ。ここはラブ＆ピースの一手だニャ」

「業腹《ごうはら》デスけど、アタシもミィと同じ考えデス」

「おまえらは認識が甘いな」

二人の熱心な説得を、アークは一蹴した。

「都合五十年分の税を払ったら、黄金竜の稼ぎなんて全部パーだ。本当に根こそぎにされるぞ」

これは軽く計算してみただけでわかる事実だった。

「そうしたら元の極貧村に逆戻りだ。いや、状況はもっと悪い。今は経済恐慌の真っ最中で、明日食う物にも困ることになる。大勢が首を吊《つ》るぞ」

「「え……」」

聞いたミィとシロが真《ま》っ青《さお》になった。

メイリが「自分で恐慌《きょうこう》、起こしたくせに」とツッコんだが、アークは聞こえないふり。

とにかく、これも脅《おど》しでもなんでもない事実だ。

先の税の計算同様――二人は為政者《いせいしゃ》の観点も学もないから――事態の深刻性に気づけないのも

仕方がないが。

ケインズあたりに検証させれば、アークの言葉の正しさがわかるだろう。

「モラクサのジジイはな、端《はな》からサイト村を赦《ゆる》すつもりなんてないんだよ。今ごろとっくに、軍隊が村の傍《そば》まできていると思うぜ？　事実上の略奪《りゃくだつ》部隊だ。領主のオレじゃなく村人どもに大声で伝えて、パニックを助長したのがその証拠だ。村を混乱させておいて、明日明後日にも攻めてくるんじゃないか？」

「じゃ、じゃあ、みんなで逃げないとデス……」

「急いで家財をまとめるように、皆に通達して参りますわ」

「逃がさねえよ。オレがジジイならな」

「「「えっ……」」」

テッカもまだまだ認識が甘いようなので、アークは懇切丁寧《こんせつていねい》に教えてやる。

「こんなド辺境まで軍隊を動かすにも、アホほど金がかかるんだよ。だから今までは、税の滞納もお目こぼしされてたんだよ。こんな貧乏村を懲《こ》らしめて、根こそぎ略奪していったところで、費用対効果が割りに合わなすぎるってな」

「ではなぜ急に、法務大臣は動いたのですの？」

「オレが来てサイト村が羽振り良くなったって、誰かがお漏《も》らししたんだろうなあ」

それが誰かは、ここで追及しても意味がないのでしない。

「わかったか？　村人どもが家財をまとめて逃げ出したら、大損なんだよ。空《から》になった村に襲撃かけても意味ねんだよ。だから奴らに逃がすつもりは絶対ねえ。今ごろとっくに街道は封鎖《ふうさ》されてるはずさ。〝魔の森〟ン中に逃げ込むのは自殺行為だしな。連中もバカじゃない、その準備が整ったから使者を送ってきたんだよ。オレはダルいけど、誰か確認して来たらどうだ?」

「「「…………」」」

テッカ、ミィ、シロが一様に息を呑《の》み、顔面蒼白《そうはく》となる。

事態の深刻さが——サイト村が今置かれている危機が、はっきり理解できたようだ。

平然としているのはメイリだけ。

アークのことを一番よく知る彼女だけが、信頼の目でこちらを見ている。

その期待に応《こた》えるためにも、アークは命じた。

「まずはおまえたちで手分けして、村がどんだけヤバいか、全員にしっかり状況説明してこい。オレが行くと、感情的になって理解しようとしない愚民が絶対にいるからな。おまえたちの話なら素直に耳を傾けるだろ。ケインズ先生に検証させても説得力が増すだろう」

テッカたち自身も真剣に耳を傾け、何度もうなずいた。

「その後で村の主だった連中を、この屋敷に集めろ——」

◇◆◇◆◇

テッカたちが領主館に呼び集めたのは、三十人ほどの男たちだった。

それでも大きな屋敷ではないので、玄関広間《エントランスホール》がぎちぎちになった。

アークは吹き抜け構造になった二階から、領民どもを睥睨《へいげい》する。

すぐ隣にはメイリが立ち、ミィとシロも近くにいる。

一同、一様に顔が強張《こわば》っている。

例外はアークとメイリだけ。


「諸君——戦争の時間だ」


むしろアークは面白そうにしながら、階下の村人どもに告げた。

「ミィに偵察させたところ、既に街道は封鎖され退路なし。敵兵力はおよそ千人程度とのことだ。サイト村の人口三百を包囲して、皆殺しにできる数だな。王国の正規軍だが、その実態は略奪部隊。つまりは山賊野盗《さんぞくやとう》となんら変わらん。死ぬのはどちらか、遠慮会釈《えんりょえしゃく》なく教えてやれ」

アークの言葉の一つ一つに、村人どもがざわつく。

彼らの半分は既に覚悟を決めてきた顔だが、もう半分は未だ現実を直視できないらしい。

「どうにか回避できませんか、ご領主様！」

中でも一番根性のなさそうな男が、ほとんど悲鳴になって言った。

その懇願《こんがん》にアークは懇切丁寧に答えてやる。

「じゃあ降伏して、家財も食糧も根こそぎ献上《けんじょう》するか？　別に構わんぞ。オレとオレの女だけは〝魔の森〟を通って逃げられるからな。税を払わなかったのは百オマエラの責任だし、罪を償いたいって言うなら止めはせん。全員、飢《う》えて死ね。言っとくけど、先に斃れるのは体力のない子供たちからだぞ？　おまえに家族はいないのか？　自分の子供が目の前で腹を空かせて死ぬのは、堪《たま》らなく辛《つら》いぞ？」

戦わなければどんな末路が待っているのか、敢《あ》えて凄惨《せいさん》に語ることで、現実逃避した連中に逃避できなくさせてやる。

領主としてごく当然、ごく真っ当な行為だ。

メイリには「だからって喜々として語るのが、アーク様はクズいんですよ」と小声でツッコまれたが、聞こえない！

「おまえらが覚悟を決めて武器をとるなら、オレは一緒に戦ってやるぞ？　勝たせてやるぞ？　その方がお得じゃないか、ああん？」

ムチから一転、アメをチラつかせるこれも常套手段《じょうとう》。

メイリに「言い方」と小声でツッコまれたが聞こえない！

それで腰の据《す》わらなかった村人どもも一人、また一人と覚悟完了していく。

アークはしめしめと相好《そうごう》を崩《くず》す。

ところがそこで待ったがかかった。

両開きの玄関扉がバーン！　と開き、現れたのは――――魔術師ケインズ。

「よくもぬけぬけとほざいたな！　恥を知れ、クズ領主！」

と階上のアークを指弾《しだん》してくる。

「はぁん？　なんのことだよ、ケインズ先生？」

「テムリスが全部、白状したぞ。

アーク――貴様はコボルト族から入手した青い陶磁器《コバルトブルー》をテムリスに持たせ、知己《ちき》のある商売仲間に託した。そして、法務大臣の手に渡るよう画策した。

さもテムリスがこの村に、まだたくさんの青い陶磁器《コバルトブルー》を隠し持っているように誤解させつつな！

今まで放置していたこの村に、法務大臣が急に目をつけ、インネンをつけてきたのはそれが理由だ！

アーク――貴様がこの危機を招いたんだ！　その貴様が俺《おれ》たちを戦争に巻き込むなど、言語道断だ‼」

今度はケインズの言葉の一つ一つに、村人どもがざわつく。

階上のアークに指を突き付けながら、「今の話は本当か⁉」「どうなんだ⁉」と、口々に詰問してくる。

果たしてアークは答えてやった。

「はーい、オレがやりましたぁ～～～ん」

一厘も悪びれず、いけしゃあしゃあとケインズの言葉を認めた。

メイリに「表情《かお》が殴《なぐ》りたくなるほどムカつくんですよ表情《かお》が」とツッコまれながら。

たちまち村人どもが激昂《げきこう》する。

「ふざけんな！　ふざけんなあああああああああっ‼」

「テメエのせいで、俺たちは生きるか死ぬかの瀬戸際に追い込まれてんじゃねえか！」

「このクズ領主が‼」

「最近はちったあ認めてたのに！」

「やっぱ貴族なんてどいつもこいつもクソばっかだ！」

「違うってんなら責任をとれよ‼」

と批難轟々《ひなんごうごう》、止まらない。

ミィとシロは巻き込まれた格好で、怒号を浴びせられ、あわあわと蒼褪《あおざ》める。

平然としているのはやはりアークとメイリだけ。

アークは耳をかっぽじりながら、しばらく愚民どもの好きにさせてやっていたが、批難の嵐《あらし》が全く収まる気配がないのでキレた。


「うるせえ！！！！！！！！！」


と大音声《だいおんじょう》で喝破《かっぱ》する。

階下の男どもの大合唱を、さらに数倍するような声量だ。

愚民どもはそれで気圧《けお》され、息を呑んで黙り込む。

いくさ場において、己《おのれ》の号令を大声で末端まで行き渡らせるのも、将軍の器量だ。

だからアークはクソ親父から、「霊力とともに腹の底から大声を振り絞る」発声法もまた、殴られながら習得させられていた。

たかだか三十人を喝破するくらい、朝飯前のことだった。

今の騒ぎが嘘のように静まり返った玄関広間で、アークは懇々と説いてやる。

「ああ、オレは企《たく》らんだよ。伯爵領を奪《うば》ったアイランズの次は、オレを追放したモラクサのジジイにオトシマエをつけるって決めてたからなあ！

だけど、これだけは言っておく。

別にオレがモラクサのジジイを誘《おび》き出さなくても、遅かれ早かれ『宰相派』の誰かに目をつけられてたよ。

だって急に羽振りがよくなったんだもん。月一来る隊商《キャラバン》が見たら一発だよ。そっからすぐ広まるし、軍隊を送る費用対効果が生まれたら送ってくるよ。

それともオマエラは、ずっと貧乏暮らしのままの方がよかったか？　オレの施しは有難迷惑《ありがためいわく》だったか？

じゃあなんで受けたんだよ。食ったもん、今すぐ返せよ」

畳み掛けるように語るアーク。

誰かが脊髄反射《せきずいはんしゃ》で反論（どうせ筋が通らないやつ）をしかけても、させる余裕を与えない。

今はそれが大事で、メイリも「本当に口八丁はお得意ですね」と皮肉混じりに賞賛する。

アークは続ける。

啖呵《たんか》を切るように。挑発《ちょうはつ》するように。

「責任？　とるよ？　オレは恥を知る男だもん。

だから言っただろ？　一緒に戦ってやるって。勝たせてやるって。

逆にオマエラはどうなの？

元を質せば前領主を追い出して、無政府主義を気取ってたオマエラの因果応報でもあるんだけど、その責任はどこ行ったの？

恥知らずはどっちか、オマエラの胸に手を当てて言ってみろよ」

アークにまくし立てられて、村人たちが今度こそ反論の言葉を失う。

もしアークが逆の立場だったらば、「それがどうした！」と居直ったが、そんな恥知らずはどうやらこの場にいないらしい。


だから機を見て、もう一度ムチからアメに転じる。

「オレたちの家財を奪おうっていう、正規軍ヅラした山賊野盗を皆殺しにしてやったら、どうなると思う？

王国『宰相派』からすればもう一度、費用対効果が逆転するんだよ。サイト村にケンカを売るのは割に合わねえ、やっぱ放っとくかってなるんだよ。

その間にオレがこの村を、もっともっとデカくしてやる。世界の中心にしてやる。『宰相派』がやっぱりこいつら赦せねえなって考え直した時にはもう遅い、手が付けられないほど強い——そんな風にしてやる」

アークが語ったのは、この戦いの意義だ。

領主の視点から勘案《かんあん》した「戦略目標」だ。

それを学のない連中にも理解できるよう、嚙み砕いて語ってやった。

その上で、アメから転じて活を入れる。

「オマエラは負け犬だ。追放されて、何もかも奪われて、こんなド辺境の掃き溜めでいちびるしかなかった負け犬だ。

凄腕の鍛冶師がいても、達人の拳法家がいても、王国一の商才を持つ男がいても、魔術師ギルドの若き天才がいても、再起しようとはしなかった、牙《きば》を折られた負け犬だ。

オレ？　ああ、オレも一回負けたよ？　追放されたのはおんなじだよ？

でもオレは負け犬じゃない。奪われっ放しなんか冗談じゃない。

奪い返すんだよ！　百倍にして取り立ててやるんだよ！

オレは『オレを嫌いな奴』が大ッッッ嫌いなんだよ!!

だから舐《な》め腐った真似をしてくれた『宰相派』と王国に、絶対に後悔させてやる」

煽《あお》る。煽る。

アークは身振り手振りを交えて、男たちの心を——矜持《たましい》を煽りまくる。

「別に領主《オレ》のことが気に食わないっていうなら、それでもいい。

でもおまえら自身のために戦えよ！　家族を守るために立てよ！

ここまで言われてもまだわからねえ負け犬は――いっそ死ね。生きてる意味なんかねえから自害しろ。

オマエの嫁さんも娘もオレがもらってやるから、安心してあの世で自慰《じい》してろ」

最後、中指をおっ立てて言い放つアーク。

メイリに「人を罵倒《ばとう》する時、本当に生き生きしてますよね」とツッコまれたが（略）。


実際、アークの物言いに腹を立てている者は多かったが、逆に言えばそれは怒る気力があるということ。

この期《ご》に及んでうつむいているよりずっといいし、そこまでの負け犬は一人もいなかった。

そして、明らかに感銘《かんめい》を受けた様子の者たちも少なからずいた。

アークの傍にもいた。


「ミィはもう負け犬じゃないニャ！　アークくんのおかげで猫人《ケットシー》の誇りを思い出したニャ！　スタンド&ファイトだニャ！　ミィとアークくんで五百人ずつぶっ殺せばそれで勝ちニャ！」

「いやいや、七百はおまえに任すからさ。遠慮すんなよ」

と――武者震いしながら叫んだミィに、アークは信頼混じりの発破をかける。

「アタシたち犬人《コボルト》だって負け犬ではないデス！　大恩ある主サマと、隣人であるサイト村のためなら戦うデス！　アタシの巫女の力にもご期待くださいデス！　戦争なら事前準備が大事デスよね？　だったらお役に立てるデス！」

「ハハハ！　なるほど、オレも名案が思いついたぞ」

と――猛アピールしたシロに、その力も使いこなしてやるとアークは嘯《うそぶ》く。

さらには――

「出陣の準備が整いましたわ、アーク様」

とテッカが馳せ参じる。

二階にある扉の一つを開け、奥から現れたその戦装束《いくさしょうぞく》に、村の男たちが度肝《どぎも》を抜かれる。

白銀の甲冑を全身にまとい、面頬《フルフェイス》で顔も覆《おお》った、ゴッツい格好だったたからだ。

声がなければテッカだと、誰もわからなかっただろう。

「ご領主様。アーク様。御身のおかげでこの村は見違えるように変わりました。御身《おんみ》は常に矢面《やおもて》に立ち、それをなさいました。ですゆえ、今度はわたくしに先陣を切れとお命じください。事ここに至り、わたくしもようやく戦う覚悟が決まりました」

「その意気や好《よ》しだ、テッカ。いいや、カウレス家のテレーズよ！」

騎士の如くひざまずいて頭《こうべ》を垂《た》れたテッカに、アークは鷹揚《おうよう》にうなずく。

彼女の甲冑《かっちゅう》はまだ実家時代に自分用に誂《あつら》えた、総ミスリル製の一点物。

肚《はら》を括《くく》ったテッカの戦意も然《さ》ることながら、そのド派手な迫力に、階下にいる臆病な者たちも頼もしさを覚えたに違いない。


そして、とどめとばかりに――

「悪い、今日も森に入ってて遅れた」

と後から駆け付けたのは、ヴェスパだった。

しかも〝魔の森〟から帰ってきたばかりなのだろう、獲物を両肩に担《かつ》いでいた。

ヴェスパが玄関に下ろしたその巨体を見て、村の男たちが瞠目《どうもく》した。

ただの獲物ではなかったからだ。

額から角を生やした猪《ユニホーンボア》だったからだ。

超一流の狩人として日に日に勘を取り戻していたヴェスパは、ついに魔物を仕留めることに成功していたからだ！

それは一度は落ちぶれた男が、再起の道を歩んでいることを――決して負け犬ではないことを、誰の目にも明らかに証明してみせたということ。

「アーク様にはご恩がある。あんたのためなら俺は戦うぜ！」

「天晴《あっぱれ》な心掛けだな！　やっぱり美人の嫁さんをもらう奴は、そこらの奴とは男気が違う」

勇ましく宣言したヴェスパに、アークは惜しみのない賞賛を送る。

同時に陛下を睥睨し、「で、オマエラには男気ナイの？」と挑発するように見回す。

効果は覿面《てきめん》、負けん気を触発されるものが続出する。


「やるぞ」

と誰かが言った。

「やろう」

とまた誰かが続いた。

それが皮切り。

陛下の村人たちがにわかに闘志を漲《みなぎ》らせ、鯨波《げいは》を上げる。

反戦を訴える者はもう一人もいない。

士気盛んなその様子に、アークは満足してうなずく。


一方、ケインズは周囲の熱気に圧倒されていた。

彼は賢く学もある男だが、処世術《しょせいじゅつ》を知らない。

ギルドを追放されて身に着けたと言っていたが、所詮《しょせん》は付け焼刃。

アークの緩急《かんきゅう》織り交ぜた巧みな弁舌に、ここまでまるで口を挟むことができなかった。

もちろん、本質的にはアークの言葉に筋が通っていたからこそ、ケインズに付け入る隙《すき》を与えなかったのであるが。

もはやこの流れを覆すことはできないと悟ったケインズは、半《なか》ば負け惜しみのように叫んだ。

「本当に勝てるんだろうな⁉」

アークは悠然《ゆうぜん》と答えてやった。

「おまえはオレのことを舐めている」

と、いつぞやテッカたちに告げたのと同様に。

「オレを誰だと思っている？　剣聖にして常勝将軍マーカス・フィーンドから全《すべ》てを受け継いだ、唯一人の相伝者だぞ？」

その豪語を聞いて――階下の男たちが歓声を爆発《ばくはつ》させる。

ケインズももう何も言えなくなる。

メイリが「でもアーク様だってこれが初陣《ういじん》ですよね」と小声でツッコんでも、「こういうのはハッタリが大事なんだよ。それで士気が高まれば勝ちだ。常勝将軍《クソおやじ》が言ってたんだから間違いねえ」と小声で返す。

だから最後にもう一度、煽った。

「軍服着た山賊野盗どもを、オレたちで血祭りに上げてやるぞ！」

「「「おおおおおおおおおおおおおおおおおおおおおおおっ！」」」

◇◆◇◆◇

国王より預かった正規軍千人を率いるのは、法務大臣モラクサ自身だった。

軍務経験など皆無だが、今回は女子供を含めた三百人程度の寒村を襲撃・略奪するだけなので、誰が指揮をとろうが問題はない。

ド辺境のサイト村に続く街道も、小さなものが一本きりで、部隊を展開してこれを封鎖するのも現場に任せておけば簡単だった。

既に日は沈みつつあり、兵たちは地面を掘って竈を作り、思い思いに夕餉《ゆうげ》をとっている。

士気は高い。というか皆、浮かれ騒いでいる。

当然であろう。

明日は戦闘だといってもどうせ一方的な蹂躙《じゅうりん》になるし、その後にはご褒美《ほうび》の略奪タイムが待っているのだから（この時代、戦争に略奪は付き物で、それを戒《いまし》めるような倫理観《りんりかん》は遥《はる》か後世の発明でしかない）。

サイト村の住民が降伏するとは、誰も思っていない。

降伏する気にもならない無茶な条件を、モラクサが突きつけたからだ。

「好きなだけ殺して、好きなだけ犯《おか》していいんだよな、叔父貴《おじき》？」

モラクサと一緒のテーブルに着いた大柄《おおがら》な青年も、血の滴《したた》る肉を噛みちぎりながら言った。

帷幕《いばく》（司令部となる大テント）の中、二人で晩餐《ばんさん》の真っ最中だ。

この男はゴンセル男爵《だんしゃく》といい、モラクサの甥《おい》に当たる。

学も教養もまるで身に着かなかった身内の恥だが、腕っ節だけはあったので、モラクサの推挙《すいきょ》で騎士にしてやった。

勇敢《ゆうかん》と粗暴《そぼう》の区別もつかないような蛮人《ばんじん》だが、実戦経験は豊富で、今回はモラクサに代わる実質的な指揮官として帯同した。

「ああ、おまえや兵の好きにするがいい。ただし、わかっているな？　テムリスが隠し持つ青い陶磁器《コバルトブルー》は、全て私のものだ」

「おう、おう、もちろんさ、叔父貴。そんな辛気臭《しんきくせ》えモン、俺は必要ねえ」

「おまえや兵が好きに暴《あば》れて、誤って割らないようにと私は注意しているのだよ。もしそんな不始末をしでかしたら、いくらおまえでもタダではすまさんからな」

「……わかったよ。兵にも厳命《げんめい》しておくから」

ゴンセルは不貞腐《ふてくさ》れた顔で言った。

モラクサは内心、ため息をついた。


軍務経験のない自分がわざわざ兵を率《ひき》い、こんな僻地《へきち》まで来なくてはならなかったのも、これが理由だ。

誰かに任せていたら、貴重なテムリスの蒐集物《コレクション》を兵どもが破損したり、最悪着服するのではないかと懸念《けねん》したのだ。

名門貴族にして大臣に上り詰めたほどのモラクサからすれば、軍人など無知無教養なサルとしか思っていない。

まあ、とはいえここまで何か苦労があったわけではない。

王都から馬車でゆるりと半月、気分はまるで物見遊山《ものみゆさん》だ。

モラクサは六十を超える老体だが、自身一人を世話させる使用人を二十人も引き連れているから、何不自由なかった。

法務大臣の職務だって、どうせ日ごろから腹心の部下に任せっ放し。

「王都での贅《ぜい》を尽くした暮らしもよいが、たまには旅をしてみるのも悪くない」

なんて思っていたくらいだ。

不満があるとすれば、今夜使うベッドくらいのものか。

街道封鎖で部隊を展開する必要上、いつものように宿場に泊まれない。

なので将軍クラスが戦地で使う、簡易ベッドを兵に用意させたのだが、これが硬い硬い。

仮にも行軍中とは思えないご馳走を甥と平らげた後、モラクサは渋々といった表情で、愛人兼務のメイドとベッドに入る。

「この硬いベッドだと、おまえの柔らかさがよけいに際立つな」

などと言って戯《たわむ》れかかる。

そして、今夜は早めに寝る。

明日、テムリスのコレクションを全て我がものにする夢を見ながら。

その甘美な夢が爆音とともに破られようとは夢にも思っていなかった。


モラクサはメイドと慌てて跳び起き、帷幕の外へ飛び出る。

いったい何が起こったのか？　今の爆発音は何か？

確かめようにも、周囲が暗すぎた。

既に真夜中のことであった。

篝火《かがりび》こそあちこちに焚《た》いているが、それでは光量が不十分。

モラクサの目に映るのは、不寝番《ふしんばん》を除いて寝静まっていたはずの兵たちが全員、パニックになって右往左往している光景だけ。

「誰か！　状況を説明しろ！」

モラクサは声の限りに叫んだ。

だが新たな爆音にかき消された。


今宵は星が綺麗だった。

その夜空の一点が、キラリと冷たく輝いたかと思うと――――〝何か〟が地上に降ってきて、野営陣地を爆撃したのだ。

モラクサの目では捉《とら》えることができなかったが、その正体はなんと隕石《いんせき》であった。

野営陣地に直撃したそれは、凄《すさ》まじい破壊の力と爆風を巻き散らし、付近にいた兵たちをまるでオモチャの人形の如《ごと》く吹き飛ばした。

気絶者が続出したが、彼らはまだしも幸運で、四肢《しし》や体の半分を消し飛ばされた者、死体すら残らなかった者も大勢いた。


兵たちは隕石を相手に何もすることができず、むしろ自分たちがなんの攻撃を受けているのかすら理解できず、ただ泣き叫んで逃げ惑い、あるいは地面に伏《ふ》して己の無事を神に祈った。

もはや軍隊のていをなしていなかった。

「なんだ⁉　いったい何が起きているんだ⁉　誰でもいいから説明しろっ！」

モラクサは金切り声で叫んだが——それも三度目の爆音にかき消された。

◇◆◇◆◇

ケインズは荒い息を整えようと努めたが、収まってくれる気配がなかった。

心臓が早鐘を打っている。

彼ほどの魔術師が、たった三度魔法を使っただけで、このザマだ。

それほど《隕石落とし《メテオ》》は、集中力を要する超高等魔法だった。

サロマンの魔術師ギルドでも会得《えとく》できたのは、その開祖とケインズのみ。

二百年間でたったの二人。

「いいぞ、いいぞ。さすがやるなあ、ケインズ先生！　一方的な蹂躙ほど気持ちいいもんはこの世にないよなあ！」

傍にいたアークが、人の苦労も知らず大はしゃぎする。

ケインズたちは現在、敵陣地を一望できる場所にいた。

丘というには地面が物見櫓《ものみやぐら》の如く不自然に隆起《りゅうき》した、その頂上にいた。

他に周りにはメイリがいて、シロもいる。

辺りは真っ暗だが、敵陣地は煌々《こうこう》と篝火を焚いているため、狙《ねら》いをつけるのに問題はない。

「さ、先生！　ジャンジャカ盛大にやっちゃってくださいよ！　あの人の皮を被った貪狼《どんろう》どもに、裁《さば》きの鉄槌《てっつい》をお見舞いしたってくださいよ！」

アークはよほど気分が良いのか、調子に乗ってヨイショしまくる。


まずは強力な攻撃魔法で奇襲をかけて欲しい――そう言い出したのもアークだった。

ヒュドラを討伐《とうばつ》した時に見せた、ケインズの実力を知ってのことだ。

だからケインズも己に可能な、最大威力の戦術級魔法を行使した。

アークのことは鼻持ちならないが、戦うと決めた以上は、無駄に反発するほどケインズもガキではない。

第一、気に食わないという点では、村に略奪しにきた法務大臣や王国軍の方がより、殺意を禁じ得ないほど憎らしかった。

何よりケインズの攻撃魔法が敵兵を減らせば減らすほど、ともに戦う村人《なかま》が安全になるのだ。容赦《ようしゃ》や斟酌《しんしゃく》などあろうものか。

「だけど先生、あの帷幕に当てるのはナシだぜ？　法務大臣《ジジイ》はオレの獲物だ、手出しは勘弁してくれよな」

「黙ってろ、クソ領主。気が散って狙いが狂う」

「ま、当たったら当たったで笑えるし、それでもいいけど！」

（今度、おまえの屋敷にも落としてやろうか？）

やかましいアークに苛々《いらいら》する気持ちを抑え、ケインズはどうにか集中力を捻出する。

そして四度《よたび》、隕石で敵陣地を蹂躙したところで、片膝《かたひざ》つく。

「……今ので撃ち止めだ。魔力が尽きた」

「ご苦労、先生！」

とアークは調子よくねぎらうと、今度はシロに向かって命じる。

「テッカとミィに伝令せよ――もう勝った気で油断しまくった、クソ親父だったら『軍人の風上にも置けねえ』って絶対殴ってるマヌケどもに、そのマヌケの代償《だいしょう》を支払わしてやれ！　我が猟犬として、敵陣地のたるみ切った腹を散々に食い破ってやれ！」

一言、「突撃開始」と言えばいいものを、格好つけたポーズでいちいち大仰《おおぎょう》な台詞回しをするところが、ケインズは本当に気に食わない。

メイリも「ミィ様を猟犬《イヌ》呼ばわりしたら、キレると思いますけど？」とツッコんでいる。


一方、丘の麓で待機していたテッカとミィは、シロの伝令を受けて出撃する。

周囲には村の男たちと、協力を申し出てくれたコボルト族の戦士たちが合わせて百人ほどいたが、彼らは残る。

「頼んだぜ、二人とも！」

「だがご無理はなさらぬよう、人族と猫族の偉大な戦士よ！」

「この戦いが終わったら俺、ミィさんに告白するつもりだから！」

「ギャハハおまえじゃ釣り合わねえよ！」

と激励《げきれい》だか野次だかわからない声援を浴びながら、たった二人で駆けてゆく。

敵陣地へまっしぐら。まさしく猟犬の如く。

大混乱中のそこへたどり着くと、声も発さず斬り込んでいく。

テッカの武器はハルバートだった。

それも長い柄まで総アダマンタイト製の、超重量級。

テッカはそれを両手で構え、軽々と振り回す。

敵兵どもを三人まとめて叩き飛ばし、返す一撃で二人まとめて撫《な》で斬《ぎ》りにする。

とんでもない膂力《りょりょく》だった。

それもテッカに言わせれば当然、鍛冶師だからだ。

鍛冶仕事は筋力が要《い》る。

偉大なご先祖も言っている。「ドワーフに膂力で負けるような者は鍛冶爵家《カウレス》の名折れ」と。

だから一族の鍛冶師たちは全員、筋肉を鍛えに鍛えているし、ドワーフよりも力自慢。

そして現役《げんえき》最高の鍛冶師であるテッカは、一族で一番の怪力の持ち主であった。

己の手で鍛えたハルバートを嵐の如く振り回し、敵兵どもを当たるに幸い薙《な》ぎ払う。

「なんだ、こいつは⁉」

「敵だ！　敵がここにいるぞ！」

とテッカの夜襲に気づいた王国兵が、迎撃のために集まってくるも、ものともしない。

全身をほぼ隙間《すきま》なく鎧《よろ》った総ミスリル製の甲冑が、ナマクラ刀を弾《はじ》き返《かえ》し、逆に折る。

槍衾《やりぶすま》の中にさえ、テッカは委細《いさい》構わず突撃し、無傷のままハルバートで逆撃する。

（わたくしにはアーク様は元よりミィほどの武勇もございませんが、それを埋め合わせる武具がございますわ！　己で鍛えて己で用いる、これもまた鍛冶師の本懐《ほんかい》！）

まさに一騎当千《いっきとうせん》の武者働きであった。

対してミィの武器は、己の肉体であった。

鍛え抜かれたという点では、テッカの装備と同じ。

違いは自前か外付けか。

拳打《けんだ》の一撃で敵兵の顔面を陥没させ、蹴打《しゅうだ》の一撃で敵兵の脛骨《けいこつ》をへし折る。

身の毛もよだつほどの殺人拳で、略奪者どもを次々とあの世送りにする。

「グハハ、拳法家とは珍しい！　だが所詮は泰平の世で生まれた健康体操よ！　実戦場では何も通用せんことを教えてくれるわ！」

などと全身を鎧った騎士が襲ってくるが、ミィはものともしなかった。

掌打《しょうだ》によって衝撃を浸透させて、内臓をグチャグチャに潰《つぶ》してやるだけ。

（ミィを怒らせたら恐いニャ。ジェノサイド&ジェノサイドだニャ）

殴って蹴って、目に付く全てを皆殺しにする。

王国兵どもの反撃は一切《いっさい》、受け付けない。

鍛え抜かれた歩法《フットワーク》で全てかわす。

もし昼間のことだったら、影さえ触れさせなかっただろう。

まさに万夫不当の大活躍であった。

◇◆◇◆◇

「何をやっておるか、グズどもが！　弱卒どもが！」

モラクサはまだ金切り声でわめいていた。

未だ混乱収まらない野営陣地に向かって、誰にも届かない叱責《しっせき》をわめき散らしていた。

あの謎《なぞ》の爆撃（ケインズの隕石《メテオ》）はもう来なくなったというのに、今度は直接的な夜襲を受けて、兵どもがその対処にてんやわんやになっているのである。

「愚《おろ》かな村人どもの百人や二百人、攻めてきたところでなんとするか！　貴様らそれでも本職の軍人か！　気概《きがい》と能力を見せてみろ！」

などとモラクサは怒鳴りつけるが、これは完全に思い違いである。

まず攻めてきているのはたった二人だし、ただの村人ではなく化物じみた戦士たちだ。

だが闇夜《やみよ》のせいで、実態が把握《はあく》できない。

戦場全体を俯瞰《ふかん》すべき指揮官がこの体たらくでは、前線の騎士や末端の兵らにまともな対応ができるわけがない。

まさかたった二人にいいようにやられているとは露も思わず、敵影を探して右往左往。

まだ動ける兵が八百人近く残っていても、そのほとんどが遊兵と化している。

モラクサは知らぬことだが、もちろんこれはアークの狙い通り。

なまじか数で攻めるよりも——テッカとミィの実力に信頼を置いた上で——二人だけで出撃させた方が、モラクサたちの混乱が長く続くと計算したのだ。

さらにもちろん、先にケインズの《隕石落とし《メテオ》》による爆撃と蹂躙があったからこそ、二人とも安全に突入できたのは言うまでもない。


その一方、モラクサの状況にも動きがあった。

「遅れてすまねえ、叔父貴！　無事か⁉」

と甥のゴンセル男爵がおっとり刀で、騎士たちを引き連れ、馳せ参じたのだ。

「これはどういうことだ⁉　今いったい何がどうなっているのだ⁉」

「すまねえ、叔父貴。それが俺たちにもさっぱりなんだ」

クソの役にも立たない騎士たちに、モラクサはかえって頭の熱がスッと冷める。

自分だけでもしっかりせねばと思い直す。

そして、ゴンセルたちに向かって指示を出す。

「このまま防戦一方では埒《らち》が明かん。攻勢に転じろ」

「そうはいうが、叔父貴。この暗さで敵がどこにいるかもわからないのに、闇雲《やみくも》に攻めるわけには……」

「敵の位置は判明しているだろうが！　街道をまっすぐ行けばサイト村だろうが！」

「あっ、なるほど」

（こんな簡単なこともわからんのか、バカどもが！　匹夫《ひっぷ》の勇《ゆう》しか持たぬ蛮人どもが！）

軍務経験のないモラクサの方がまだ知恵が回るという状況に、暗澹《あんたん》たる気持ちに陥《おちい》る。

「今はとにかく兵をまとめ上げるのに集中しろ。どうせろくに迎撃もできておらんのだ、指揮系統の掌握《しょうあく》に努めろ！」

「わ、わかった、叔父貴」

「そうしたら兵力を半分にわけて、一隊をこのまま防衛に残し、もう一隊で村を焼け。女子供はそこに残っているはずだ。ここに攻めてきている村人どもも、家族の危機とわかれば退却するはずだ。そうなれば思う壺《つぼ》、改めて全兵力でサイト村を攻囲してやればいい」

「わ、わかった。だけど本当に火を点《つ》けていいのか？　テムリスの蒐集品《コレクション》はどうするんだ？」

「背に腹は代えられんわ。せめて青い陶磁器《コバルトブルー》が焼かれる前に、村人どもが降伏してくれることを祈るしかない」

半分は諦《あきら》め、だが半分はあくまで執着《しゅうちゃく》しつつ、モラクサは兵の掌握に騎士らを走らせた。


そして、その指示が末端に行き渡るまで煩悶とするほど時間はかかったものの、王国軍は確実にまとまりを取り戻していった。

部隊を攻守二つに分けることも成功した。

その攻撃部隊をゴンセル男爵から任されたのは、ルッマーンという屈強な騎士だった。

平民上がりで、あちこちに遜《へりくだ》る必要がある分、ゴンセルより思慮分別《しりょふんべつ》はあるものの、戦場において猪突猛進《ちょとつもうしん》しか取り柄がない点では、上官と大同小異の男だ。

ルッマーンは愛馬を駆《か》ると部隊の先頭で兵を率い、街道を驀進《ばくしん》させた。

未だ村人どもの陣容がわからない以上、どこかに伏兵を仕込んでいるかもしれないし、いつ妨害に現れるかもしれないが、ゴチャゴチャ考えるよりも先を急いだ。

(どうせ兵力ではこっちが圧倒しているんだ。だったら勢いを殺さない方が大事だ)

と匹夫なりに、過去の実戦で培った経験則を活かした格好だった。


そんなルッマーンと攻撃部隊だが、ほどなく不思議なものを目の当《ま》たり《あ》にした。

街道を扼《やく》す土塁《どるい》が、前方にそびえ立っていたのである。

昼間に周辺を哨戒させた兵からは、こんなものがあったなどと報告を受けていない。

だとすればこの土の壁は、一晩の間にいきなり出現したというわけか?

そんなバカな話があるものか?

頼りになるのが月明りだけで、最初見間違いかと思ったほどだ。

しかし近づくにつれて、その土塁は圧倒的な迫力と実感を伴《ともな》って、ルッマーンら攻撃部隊に立ちはだかった。

そして壁の上に村人どもがワラワラと現れ、矢の雨を降らせてきたのである。

敵の中にはなんとコボルトまで混じっていた。

麾下の兵らがたちまち恐慌を来たし、ルッマーンら騎士たちが慌てて応戦を命じる。

しかしそびえ立つ土塁が邪魔して、一方的にやられるばかり。

ルッマーンは知らない――

この土塁はシロたちコボルト族の巫女が、大地の精霊に祈りを捧げ、地面を隆起させた代物である。巫女の力は当意即妙《とういそくみょう》なものではないため、大地を高く、分厚く、しかも横にしっかりと長く盛り上げるのに、三時間もかかってしまった。

だが確かに一晩のうちに、恐ろしく静かに、壁を出現せしめたのである。

さらにはコボルト族の男たちも手伝って、土塁の前に落とし穴を掘りまくっていた。

暗視能力を持つ彼らだから可能な、夜間作業であった（ついでにいえば、アークやケインズのいた物見櫓めいた丘も、シロたち巫女が造り出した非天然物だ）。

全てアークの指示であり、もし王国軍が破れかぶれになってサイト村を襲ってきてもよいように、ここで足止めして一方的に蹂躙する作戦であった。

「怯《ひる》むな！　夜間の弓矢などまともに当たるものか！　落ち着いて壁をよじ登れ！」

ルッマーンは真相を知らないなりに、持てる戦場経験を振り絞って指示を出した。

そして実際、弓矢というのは、急所に刺さるでもなければ人を殺せるものではない。

兵らだって革鎧《かわよろい》を着ているし、それを貫通できるほどの弓力や技術を持つ者が、畑仕事しか知らない村人どもにどれだけいるだろうか？

数だって村人どもの方が遥《はる》かに無勢のはずで（コボルトどもがいたので自信が揺らぐが）、闇雲に射られたところでルッマーンたちの損害は軽微なはずだった。

そう、鏃《やじり》に毒が塗られていなかったら！


これもルッマーンは知らない――

アークが弓《むらびと》の素人たちを殺戮者に仕立て上げるため、九頭大蛇《ヒュドラ》の毒腺を触媒《しょくばい》に、大量の毒矢をテッカに作らせていたことを。

コボルトの地下集落で青い陶磁器を見つけた時点で、今宵《こよい》の作戦を思い描き、周到に用意させていたことを。

ゆえにこの矢は、体のどこかをかすめただけで人を殺せる。

王国軍の兵たちがバタバタと死んでいく。

「いいぞ、その調子だ！」

さらにヴェスパが味方を鼓舞《こぶ》し、弓の素人《むらびと》たちを調子づかせる。

戦うと決めた村の男やコボルトたちに、弓の扱い方を教えたのが彼だった。

無論、アークの指示である。

弓射《きゅうしゃ》というのは高等技術で、にわか仕込みで習得できるものではない。

だからヴェスパは「ともかく矢を前に飛ばすこと」「怪我をしないこと」だけを重点的に、男たちに指導した。

特に後者は大事だった。引き絞《しぼ》った弦《つる》が、手を離した時に反動で暴れ、運悪く体をかすめて切り傷をこさえる、下手をすると耳を斬り落とされる、という事故が弓の初心者にはよくあるからだ。

矢を正確に飛ばせるかどうかなんて、二の次。

どうせこちらも人数はいるし、的となる敵兵はもっと多い。

闇雲に射ていても、かすめるくらいは余裕。ヒュドラの毒矢ならば確殺。

だからヴェスパは仲間たちを激励し、矢を絶えず浴びせ続けるよう、疲れも忘れて弓射を続けるよう、声を出していく。

とにかく褒めて、勢いづかせる。

幸い仲間たちはよく期待に応えてくれた。

仲間たちも、超一流の狩人であるヴェスパの言葉だからこそ胸に響いた。奮闘できた。

そしてヴェスパ自身、堂々と弓に矢を番《つが》える。

(俺が故郷を追放されたのは、調子に乗っていた俺の自業自得だ。でも、だからって俺を追い出した貴族どもの横暴を、許せるわけがねえ。こいつらだってそうだ。貴族もその手先も全員、人の皮を被った狼どもだ)

恨《うら》み骨髄《こつずい》で、矢を射放つ。

狙いは官軍の騎士どもだ。

馬上から横柄に指示を飛ばしているので、よく目立つ。

ヴェスパの天賦《てんぷ》と技倆《ぎりょう》を以ってすれば——たとえ闇夜の中であろうと——造作もなかった。

王国軍の将兵は、それらの事情を全く知らなかった。

しかし土塁の上から降《ふ》り注ぐ矢の雨は、無情なまでに彼らの命を奪っていった。

村人たちの猛反抗を前に、仮にも官軍が為《な》す術もなかった。

「い、いくさで毒を使うなど、卑怯《ひきょう》だぞ〜〜〜〜っ」

ルッマーンは土塁の上に向かい、負け惜しみを叫ぶことしかできなかった。

それが彼の末期の台詞となった。

ヴェスパの照準についに捕捉《ほそく》され、過たず放たれた矢がルッマーンの二の腕をかすめ、ヒュドラの猛毒があっという間に全身を回った。

「略奪しに来た連中が寝言をほざくなよ！」

「卑怯はどっちか、胸に手を当てて考えてみろよ――ってウチのクズ領主なら絶対言うぜ？」

「バァアアアアアアアアカ！」

と土塁の上から降り注ぐ罵詈雑言《ばりぞうごん》を、聞かずにすんだことだけがルッマーンの幸運だった。

指揮官を失った攻撃部隊は、ほどなく壊滅した。

◇◆◇◆◇

モラクサの元に残った守備部隊も、ひどい目に遭《あ》っていた。

テッカとミィに散々にかき回され、討ち取られ、自分たちが誰にやられているかなお実態をつかめず、あちこちで同士討ちまで起こる始末だった。

二人の常識外れの戦闘力と、夜戦の恐ろしさであった。

もしモラクサが真っ当な将軍であれば、そして青い陶磁器《コバルトブルー》への執着を捨て去ることができれば、とっくに撤退《てったい》に踏み切る状況であった。

ただし、机上の空論というものであった。

実力よりコネや門閥《もんばつ》が優先されがちなこの国に、真っ当な将軍などほとんどいない。

大貴族としてあらゆるワガママを押し通してきたモラクサに、執着を絶つことなどできない。

だからここまでやられて、まだ撤退していない。

未練タラタラ、麾下《きか》の兵が無様にやられていく様を、手をこまねいて眺《なが》めている。


そんなモラクサを、笑いにくる者がいた。


誰あろう、アークである。

血と叫喚《きょうかん》の巷《ちまた》となった戦場を、まるで知人でも訪ねるかのように、のんびりとやってくる。

怪我もなく、返り血さえ一滴《いってき》も浴びていない。

敵陣の真っただ中を通ってきた姿とは思えない。

ただ彼がぶら下げた剣が——刀身に稲妻をまとってなお——夥《おびただ》しい量の鮮血を滴《したた》らせていることが、どれだけの兵を斬り殺してここまで来たかを物語っていた。

「よう、ジジイ。あのクソ裁判以来だなあ？」

ニタニタと嘲《あざけ》りの笑みを浮かべて、アークがひたひたとやってくる。

一度は追放してやった男が、復讐のために帰ってくる！

「きっ、斬れ！　斬ってしまえぃ！」

モラクサは慌てふためき、周囲にいる護衛の騎士たちに命じた。

彼らとて精鋭であり、右往左往するだけの雑兵どもとは違う。

何より甥のゴンセル男爵がいる。この場では非常に頼もしい蛮勇の持ち主だ。

「グハハ、愚かな領主が独りでのこのこと現れよって！　俺の剣の錆《さび》にしてくれるわ！」

その甥が喜び勇んで騎士たちを率い、まとめて斬りかかっていく。

一方、アークは何を思ったか剣を鞘《さや》に納めた。

かと思えば、極端に前傾姿勢の抜刀術の構えをとった。

そして剣光一閃――騎士全員の首が、一度に刎ね跳んだ。

「なっ……」

もはや魔法めいた剣技の凄絶《せいぜつ》さに、モラクサは絶句するしかない。

これがかの剣聖の後継者――その言葉の重みを理解させられた。

同時に、己の末路もだ。

率いてきた千人の兵は、完全に恐慌状態。

護衛の騎士もたった今全て失った。

使用人たちなど戦で役に立つはずもなく、とっくにどこかへ逃げ散っている。

モラクサを守ってくれる者は、もう誰もいない。


「ま、こんなものか」


アークが――この戦の勝者が傲然《ごうぜん》と言い放ち、とうとう目の前までやってくる。

「ま、待てっ。いや待ってくださいっ」

「命乞《ご》いかあ？　大丈夫だって。殺しゃしないって」

アークはモラクサの胸倉をつかみ上げて嗤《わら》った。

助かる⁉　とモラクサは歓喜に震えた。

「そう、喜べよ。おまえにゃお手紙をせっせと書いてもらわにゃならん」

「……て、手紙？」

「王都へ向けて『私は無事です』『サイト村が気に入って、みんなで楽しくやってます』って、安心させてやらないとなあ？　大丈夫だって、オレがちゃーんと検閲《けんえつ》してやるって」

アークがそうやって時間稼ぎをして、何か企んでいるのはミエミエだった。

「虐待《ぎゃくたい》とかもしないから、安心しろって。オレは善良で有名な男なんだ。畑を貸してやるから、自分の食《く》い扶持《ぶち》は自分で作れよ。サロマ芋は美味いぞぉ？」

農作業がどれだけ重労働かは、モラクサも知っていた。

あくまで他人事として、民草《たみくさ》を憐《あわ》れんでいた。

肉体労働なんか一度もしたことがない、しかも六十を超える老体の自分が耐えられるとは、到底思えなかった。

「社会勉強ってやつだよ、大臣閣下《かっか》！　民草の苦労を我が身で味わうのもいいもんだぞ？　ま、オレは一度も味わったことなんかないけどなあ！」

アークの哄笑《こうしょう》がモラクサの頭の中で、悪夢のように木霊《こだま》する。

モラクサは悟った。

自分の人生はもう終わったのだと。

殺されずにすむと喜んだ、それが甘すぎたのだと。

エピローグ

そして半年が経《た》った。

サイト村は今日も平和だった。

しかも午後から新顔の隊商《キャラバン》が訪《おとず》れて、代表が土産を持ってアークのところに挨拶《あいさつ》に来たから、ご機嫌だった。

「まあ、うちの特産品を見てってくれよ！　絶対気に入るから」

「ご領主様自らご案内いただけるとは、恐縮です」

「あんな上等な葡萄酒《ぶどうしゅ》もらったら、接待《せったい》くらいするって！」

四十代ほどの如何にもやり手そうなその商人の、肩を抱いて村を歩く。

後ろをついてくるメイリに、「アーク様はホントどなたに対しても馴《な》れ馴れしくしますね」とツッコまれるが、「領主として美徳だろ？」とやり返す。

そして商人に対しては、セールストークを。

「他のキャラバンにも人気なのが、なんといっても魔剣だな！」

「ま、魔剣ですか⁉　そんな貴重なものを売ってるんですか？」

「この村にゃ凄腕《すごうで》の鍛冶師《かじし》がいるし、触媒《しょくばい》に使う魔力凝縮素材も目の前の森で取り放題！　しかも

〈雷練炉《らいれんろ》〉もあるから量産だって簡単なんだ」

「〈雷練炉〉⁉　こんなド辺境に——失礼、この村に本当にあるんですか⁉」

「あるある。見学してく？」

半信半疑の商人をテッカの工房に連れていくと、実物を見て愕然《がくぜん》となる。

次いで売り物の魔剣の品揃《そろ》えや、テッカの美貌《びぼう》に圧倒される。

アークがジョークで「テッカは売りモンじゃねえから触るなよ」と言うと、メイリに「正論ですが、アーク様が所有者《ワガモノ》ヅラで仰《おっしゃ》るのもどうかと」と冷ややかにツッコまれた。

気にせずセールストークを続け、

「ゴッズ王国じゃあ『サイト村産の魔剣』は今や評判でなあ。持ってったら高く売れるぜえ？」

「は、はあ……」

「オレのクソ親父が生前、あの国はボコボコにしてやったからな。クソ親父が死んで、今こそ報復だって、国を挙げた機運になってる。だから魔剣にニーズがあるんだ。標的にされるサロマンにとっちゃ災難かもしれないけど！」

と、商機と理由をアークが懇切丁寧《こんせつていねい》に教えてやると、なぜか商人は蒼褪《あおざ》める。


だがアークは気にせず次を案内する。

途中、村民とすれ違うと、多くの者が笑顔で向こうから挨拶してくる。

法務大臣が略奪部隊を率いてきた先の戦いで、アークが村から一人の死者も出さずに完勝させた采配《さいはい》によって、声望《せいぼう》を高めた結果だ。

ケインズのように頑《かたく》なに無視する領主否定派もまだいるが、村の空気は明らかに変わった。

そして、村人の体形も変わった。

黄金竜を討伐《とうばつ》したことで得た食糧の備蓄《びちく》は未《いま》だ無料で施《ほどこ》しているし、食事事情の改善と日々の労働のお陰で、彼らは見る見る痩《や》せていった。

「まだアーク様のお眼鏡《めがね》に適うスレンダー美女（笑）はいらっしゃらないようですが」

などと、巨乳のままのメイドにはしょっちゅう皮肉られているが。

とにかく商人が「この村の皆さんは太っていませんね」と不思議がるほど、サロマン王国では特別な風景だった。


そして、そんな商人を連れて行ったのは雑貨売りの大店《おおだな》。

「他にウチで人気なのが、青い陶磁器《コバルトブルー》なんだよ！」

「そ、それは売り物なのですか⁉　テム――誰《だれ》かが秘蔵しているのではなく？」

「ああ、いくらでも売ってるよ。製法はさすがに門外不出だけど」

「………………っ」

「パチモンじゃねえから！　まあ見てってよ」

半信半疑の商人だったが、本物が無造作に売られているのを見て絶句する。

「今は観光地としても開発に力を入れてるんだ。サイト村に来た甲斐《かい》あった～ってなったら、キャラバンだってもっと活発に訪ねてくれるだろう？」

「そ、それはそうですね……」

と説明している傍から、〝魔の森〟帰りらしいミィがこちらを見つけて、すり寄ってきた。

「アークくん、温泉に行こうニャ〜。今日こそ混浴しようニャ〜」

とベタベタくっついて（おっぱいが邪魔ッ）誘惑してくるミィの美貌に、商人は羨《うらや》ましそうにしつつ訊《たず》ねてくる。

「温泉があるのですか？　付近に火山はないはずですが……」

「お、学があるねえ、オタク。そう、天然の温泉はサイト村にはない。あり得ない。オレが火羆公《ひぐまこう》っていう〝ヌシ〟を最近狩ってな。そいつの火袋を利用した人工の温泉だ。芯《しん》から温ったまるし、効能も魔法みたいにスゲエんだぜ？」

「あの〝ヌシ〟をそんな、いとも容易《たやす》げに……」

「他にも千里眼猫《リュンクス》の目を使った展望台とか、氷の精霊《アイスエレメンタル》の核を使った低温貯蔵庫がウリのレストランとかも建造中だ。次に立ち寄る時が楽しみだって、みんな言ってくれてる」

「そ、それはそうでしょうね……」

「まあ、見ててくれよ。このオレが領主になったからには、この村を一国の王都にも負けないくらい発展させてやっから。目にもの見せてやるから。絶対にな」

アークがおちゃらけた口調から最後に一転、ドスの利《き》かせた口調で宣言すると、なぜかまた商人が真《ま》っ青《さお》になった。

残念そうに一人で温泉に行くミィとは別れ、アークは次を案内する。

だがほとんど入れ替わりに、テムリスと鉢合わせる。

「おや、アーク様。お客人ですか？　見ない顔ですな」

「さっき村を訪ねてくれた、キャラバンの代表だ」

「なるほど。それはそれは」

サロマンの商売の全《すべ》てを知り尽くしている稀代《きだい》の大商人に、アークがそう教えてやると、好々爺《こうこうや》然《ぜん》と——だが意味深長に微笑《ほほえ》んで立ち去った。

アークは気にせず、最後の場所へ商人を案内した。

「ウチの特産品は現状じゃあと一個！　絶対気に入るから見てってくれよなあ」

「アーク様は本当に性格が悪いですね。喜々としてますね」

「そんなに褒めるなよ」

メイリとそんなやりとりをしつつ到着したのは、サイト村の農地だ。

一面に広がるサロマ芋畑だ。

アークにとっては確かに悪夢のような光景だが、この王国ではどこにでもある日常風景。

なのに商人まで目《ま》の当《あ》たりにするや、愕然《がくぜん》となって打ち震えた。

追放されたアークが初めてこの村に来て、この畑を見た時同様に、呆然《ぼうぜん》とへたり込んだ。

理由は簡単。

法務大臣モラクサ閣下が、泣きながら畑仕事をさせられていたからだ。

「ねえ、どう？　自分の主君が馬車馬みたいに働かされる姿を見て、今どんな気持ち？」

「なっ……⁉」

アークが一緒になって腰を下ろし、商人の肩をつかむ手に万力《まんりき》のように力を込めつつ訊《たず》ねると、その男は瞠目《どうもく》した。


そう――

こいつがキャラバンの代表などというのは真《ま》っ赤《か》な偽《いつわ》り。潜入調査。

その正体は、帰らぬ法務大臣を心配して村を訪ねた、腹心の部下だったのだ。

やり手はやり手でも、商人ではなく文官の方だったのだ。

「どうしてそれを⁉」

「王都に向けたお手紙にさあ、『何も心配しないで』って長文をしたためながら、『助けて』って符牒《ふちょう》を織り交ぜるとか、手口が古いんだよね。このオレが見抜けないわけないだろ？」

「っ⁉」

「だから、そろそろ来るころだって待ってたんだよ――オタクも社会勉強していきな」

「この悪魔め！」

「よく言われるよ」

罵《のの》る男に対し、アークは口の端《は》を吊り上げて受け止めた。

「本物の悪魔より悪魔らしい顔ですね。憎たらしい」

とメイリに嘆息混じりにツッコまれながら。

【書きおろし短編】バカな男とのつき合い方

アークは頭はいいのにバカだ。

あるいはバカだけどバカじゃない。


——とメイリは常々思っていた。

アークと自分が、まだ十四歳の時分もそうだった。

まだアークが王都を追放されず、フィーンド伯爵家の御曹司《おんぞうし》だったころ、メイリは居間《リビング》に呼びつけられるやこう言われた。


「服を脱げ、メイリ」

「お暇《いとま》をいただきますね。今日までお世話になりました」

メイリが深々と頭を下げると、アークに「マテマテ！」と引き止められる。

「せめて話くらい聞け！」

「くだらない話なら帰りますからね？　メイドは暇じゃないんですよ」

「なんか主人よりエラソーだな！」

アークにツッコまれても、メイリはツーンと澄まし顔で受け流す。

「というか、エラソーに振る舞っているのはアーク様の方ですよね？」

逆にアークの態度を指摘する。

リビングのソファに我が物顔で陣取り、横柄にふんぞり返り、足を組む。

地下にある葡萄酒蔵からとってきの一本を、勝手にとってきて昼間っから飲んでいる。

絵に描いたような「イキがってるガキ」の様だ。

「ここオレんち！　オレ、嫡子《ちゃくし》！」

とアークは当然のように主張するが、

「正確には伯爵様――お父君が所有されるお屋敷とお酒ですよね？」

とメイリは冷静に指摘する。

この辺り、貴族の文化や法は厳格だ。館も領地も財産も全て当主一人の所有物であり、たとえ嫡男といえど爵位を継ぐまでは、父親の許可なしには何一つ自由にできないのである。

実際、アークも「ぐっ……」と声を詰まらせる。

「伯爵様が長らくお留守にしているからといって、さすがにイキりすぎじゃないですか？」

「お、オレだってたまには羽を伸ばしたいんだよ！」

「まあ、お気持ちもわからないではないですが」

アークの父親であり、フィーンド伯爵家の当主であるマーカスは、厳格を通り越して理不尽な性格の暴君である。

息子への愛情などなく、気に食わなければすぐ暴力で躾《しつ》けようとする。犬や猫に対する扱いの方が、まだマシではないかというレベル。

だから根が傲慢《ごうまん》なアークも、父親が家にいる時はしおらしくしている。

逆に言えば父親が家にいない時は、早や当主気取りでエラソーにしている。

そして、その目の上のたんこぶが現在、ゴッズ王国への出征で長期に亘る留守《るす》（予定では三か月）をしているため、日に日に増長しているという有様だった。

「あんまり調子に乗っていると、伯爵様が凱旋《がいせん》なされた後に、誰かにチクられるのがオチじゃないですか？」

「め、メイリはオレを裏切らないよな⁉」

「それは賄賂《わいろ》次第ですね」

「オレを強請《ゆす》るのか⁉」

と悲鳴を上げるアーク。

まあそれは冗談だが、家宰《かさい》や侍女頭辺りが、本当に告げ口する可能性はゼロではない。

「その点、私はアーク様付の侍女ですからね。アーク様の本性はよーく存じ上げてますし、今さらどれだけ傲慢な姿を目撃しても、これ以上――いえ、これ以下は軽蔑《けいべつ》しようがないですから」

メイリは憎まれ口を叩きつつ、婉曲《えんきょく》に「羽を伸ばすなら今みたいに、私の前でだけにしておくべき」と伝える。

アークも理解したのだろう、

「賄賂は美味《うま》い菓子か何かでいいか？」

「ありがとうございます。私も頻張るのが忙しくて、伯爵様に告げ口する余裕がなくなりそうです」

ジョークを言ってきたので、メイリもジョークで応じた。

メイリも素直ではないけれど、アークも素直にありがとうとは言えない性格。

でも心が通じ合っていると感じられた瞬間だし、こういう関係も悪くない。

（♪）

メイリは内心、上機嫌になる。

ところが――まさにその時であった。

「ハァ……結局クソ親父がいなくても、オレに許される楽しみは毎日の剣術修業だけってことか」

アークがぼやき節で言った。

そのくせ、表情ははっきりうれしげだった。

（普段は「剣術修業なんてもうコリゴリだ！」「肉体労働なんて貴族のやるもんじゃない！」ってうるさいくせに……）

メイリは半眼になって、アークのその顔つきを睨《にら》む。

せっかくいい気分だったのが、一瞬で台無しである。

アークが剣術修業に対する態度を百八十度変えているのも、そんなアークにメイリがイラッとしているのも、理由があった。

フィーンド伯爵は自分が長期不在の間、息子がサボらないためのお目付け役兼剣の師として、一人の部下を残していった。

アヤカナ卿《きょう》という、女性の近衛《このえ》騎士である。

さすが剣聖マーカス・フィーンドが一目置くだけあって、かなりの剣豪だという。

しかも二十四の若さ。

しかも美人。

しかも引き締まったスレンダー体型。

何より騎士なのに武張《ぶば》ったところがあまりない、むしろ女性らしい包容力溢れる性格をしているのだ。

つまりは——そう、アークの好みのど真ん中なのだ。


「今日の師範の稽古もよかったなあ……」

回想しているのか、アークが見たこともないほどポヤ～ンとした顔で嘆息した。

(いくらアーク様が年上好みとはいえ、さすがに二十四は年上すぎると思うんですけど……)

他の女に鼻の下を伸ばすアークのことが、メイリは内心面白くない。

もちろん、表情には意地でも出さない。

ましてや嫉妬《しっと》しているだなんて、口が裂けても言えない。

一方、アークはこちらの気も知らず、ハッと我に返った様子になると、

「そうだよ、メイリに話があって呼んだんだよ。アヤカナ師範に関わることなんだよ」

「そのババアがどうかしましたか？」

「師範はまだ二十四歳だぞ！」

「十四の私から見ればババアですが？」

「よーし十年後を覚えていろよ」

口の悪いアークが、その女騎士のことになると途端に擁護《ようご》発言ばかりする。

メイリはますます面白くない。

ともあれだ。盛大に話が脱線していたが、アークによるいきなり「服を脱げ」というサイテー発言の真意を、アークがぬけぬけと語り出した。

「師範は本物の剣豪だ。なんせこのオレが一本すらとれないんだからな」

と色ガキアークは憧憬《しょうけい》に瞳を輝かせながら言うと、

「その師範曰《いわ》く――オレが勝てないのは、師範の全身の動きをちゃんと観ることができていないからだと。特に女性の体の構造や、野郎との違いが理解できてないからだと。実際、クソ親父とばっか修行してきたし、よく手合わせする家中の騎士も野郎ばっかだしな」

「なるほど剣術のことは私はわかりませんが、アーク様やアヤカナ卿がそう仰《おっしゃ》るならそうなのでしょう。で、何か対策とか特訓法があるんですか？」

「師範がオレに女体の骨格とか筋肉の、動きとか構造が細かいところまでしっかり見えるように、

今日は**全裸で**稽古をつけてくれたんだ」

「ババア自重して」

「でもオレ、師範のヌードが眩《まぶ》しすぎて、逆に直視できなくて……」

「なるほど、バカなんですね。お二人とも」

「そこでオレは一計を案じたのよ。おまえの裸ならどうせ見てもなんとも思わないし、まずそこから女体に慣れていこうかなって」

「お暇をいただきますね。今日までお世話になりました」

メイリが深々と頭を下げると、アークに「マテマテ！」と引き止められる。

「そんな理由でハイソウデスカと脱ぐ女がいると思いますか？」

心底バカにしきった目でアークを見やる。

まあ道理を問えば、仮にも伯爵家嫡男に本気で「脱げ」と命じられたら、メイド風情《ふぜい》では逆らえないのが――この時代、この文化圏の――本来なのだが。

アークはそんな不埒《ふらち》な男ではないと、メイリも信じているからこそできる態度だ。

この冷たい眼差《まなざ》しは、逆に彼への甘えであり親愛を込めたコミュニケーションなのだ。

「あと私の自尊心がいたく傷つきましたので、慰謝料ください」

「オレが師範から一本とれるようになったらボーナスやるって！」

という、このいつものやりとりだってそう。

「では早くボーナスをいただけるよう、私からもご提案があるのですが」

「メイリが？　素人意見ならノーサンキューだぜ？」

「この国最高の玄人《くろうと》であらせられる伯爵様が、常々仰っておられますね？　相手の全身の動きを観ているうちは一流止まりだと」

メイリはアーク付きのメイドとして、親子の剣術稽古を見守ることも多い。

なので剣術自体は素人でも、剣聖マーカス・フィーンドの教えのいちいちが、言葉として耳に残っている。

曰く、相手の全身の動きを観るようにと説く、尋常の剣術は間違っているのだと。

相手の心の動きを読んでこそ超一流――達人と呼ばれる域の剣士たちを打倒できるのだと。

それがマーカス流の極意なのだと。

だから先ほどのアークの話を聞いて、「おや？」と思ったのだ。

アヤカナの教えはまさにごく一般論の範疇で、剣聖の術理を相伝すべきアークには不必要なものではないのかと。

「あー、うん、それなー」

アークも自覚はあったのだろう、ばつの悪い顔になって、

「でもそれ言っているのウチの脳筋親父《おやじ》だけだし、師範も全身の動きを観るのが大事だって言ってるし、じゃあどっちの言うこと信じるの？　ってなったらスレンダー美女お姉さんの言う方を信じたいのが人情じゃやね？」

「剣聖の言う方を信じるのが道理なのでは？」

メイリがぴしゃりとツッコむと、アークは「ヤダー！　クソ親父の言いなりヤダー！」と理屈になってない――つまりは反抗期丸出しのダダをこねる。

でもアークだって子供っぽいワガママだと自覚しているはずだ。

メイリがもう無言、ジト目になってじぃーっと見つめていると、やがて顔に諦観の色を浮かべて、

「わかったよ。オレに必要なのは女体《にょたい》じゃなくて、女心の理解ってことだろ？」

と嘆息した。

アークがバカだけどバカじゃないというのは、こういうところだ。

「ンでもよー、女心を理解せよったって、それこそどーやって修行したもんだか」

「アーク様の目の前に、良い特訓相手がいるではないですか」

「おまえが何考えてるか、当てろってか？　ンでもよー、メイリは表情がほとんど動かないから、ますます心を読みづらいっていうか」

「だからこそ、より修行になるでは？」

「それもそうか」

すぐに納得した様子のアークに、メイリは内心しめしめ。

澄まし顔でしれっと提案する。

「女心を理解するためにも、試しに私をどこかのご令嬢だと思ってデートに誘ってみるなんて如何《いかが》でしょうか？」

「……なーんか上手く乗せられた気がするけど、まあいいよ。おまえ相手なら、かく恥もないしな」

「その意気です、アーク様」

メイリはデキるメイド然と、澄まし顔のまま受け答えする。

しかし内心では「これでアーク様とデートできる！」とか「しかも淑女として扱ってもらえる！」と小躍りしたくなるほど喜んでいた。

特に大事なのは後者だ。

令嬢に相応しい贅沢をさせてもらえる──からではなく！──使用人ではない自分と接することでアークが、自分も一人の異性であることを意識するようになると良い、そのきっかけとしてわずかでも芽生えると良い、という計算だ。

ところがである。


「じゃあ今からお互いデートしたつもりになって、テスト開始な」

「ハイ、零点」


女心をこれっぽっちも理解していないことを言い出したアークに、メイリは冷たくツッコんだ。

「なんでだよ⁉」

「それが修行ですので当ててみてください。一問目は簡単ですよ？」

「まさか本当にデートに連れてけとか、町に繰り出してショッピングしようとか言うつもりか？ えーメンド」

（こいつは……）

どこまでも自分を異性扱いしないアークを、メイリは恨みがましく睨んでしまう。

しかもである。

「そんなにオレとガチでデートしたいの？　まさかメイリってオレに気が合ったの？」

と図星を指してくるからタチが悪い。

あげく妙に勝ち誇った顔なのもムカツク。

「そんなわけがないでしょう。自意識過剰な殿方はみっともないですよ」

メイリは努めて冷淡に振る舞う。

アークはバカだけど頭が切れるので、ここで下手な反応をしてしまえば本当に見透かされる。

内心懸想《けそう》しているなどと、絶対にバレるわけにはいかない。絶対にだ。

アークの方から「もうメイリのことしか見えないので恋人になってくださいお願いします」と言わせ、立場を理解《わか》らせ、メイリが上手く操縦するような恋愛でなくてはいけない。

じゃないとこんなタチの悪い男に、自分の方が先に惚れたとバレたが最後、骨の髄までしゃぶられるような関係になってしまう。

惚れたら負けなのはわかっているが、世の中には限度というものがあるのだ！

「まあ、わかりました。アーク様が町で恥をかく羽目になるのも忍びないですしね。ここでシミュレーションいたしましょう」

メイリはツンと済まし顔で言うと――今はどこぞのご令嬢になった仮想で――アークの対面のソ

ファへ腰を下ろす。

「では改めてテスト開始ということで、いいですね？」

「へーへー、ありがてえこって」

「ちゃんと私を淑女扱いしてくださいよ？」

「へーへー」

アークは横柄な態度でうなずいていたが、一応やる気はあるようだ。

メイリが「では待ち合わせのシチュエーションから」と合図をすると、ちゃんとデート本番のつもりでキリッとした顔つきに改めた。

そして、

「お待たせしてしまったかな、お嬢《レディ》さん？」

「ハイ、失格」


メイリが素《そ》っ気《け》なく宣告するや否や、アークが「なんでだよ⁉」と嚙みついてきた。

「オレの台詞が寒かったとでも⁉」

「いえ、顔がブサイクなので」

「そこはもうオレの努力じゃどうしようもないだろ⁉」

とアークも猛抗議してくるが――実は今の暴言は、完全に照れ隠しだった。

ブサイクなんてとんでもない。アークはちょっと目つきが悪いこと以外、容姿は整っているし、何よりメイリの好みである。

それがいつになくキリッとした顔で、キザな台詞を吐いたのだ。失格どころか内心、舞い上がってしまいそうだった。

(たかがシミュレーションでも、ちょっとでもデート気分が味わえればいいかな、なんて軽い気持ちだったのですが……。思った以上に攻撃力高いですね)

顔に出てないかな？　頬が染まってないかな？　とメイリは不安になる。

色白なので、少しでも赤くなると目立ってしまうのだ。

「フー、ヤレヤレ」と嘆息するふりをして、深呼吸で息を整える。

一方でアークは、そんなメイリの表面上の態度を真《ま》に受け、苛《いら》ついた様子で抗議を続ける。

「それに失格ってなんだよ！？　点数評価じゃないのかよ!?」

「私が本当にデート相手だったら、もうこの時点で帰っているということですね」

「つーかさっきからおかしくね!?　オレが女心を当てるためのテストだよな!?　オレのデートのお作法にマルバツつけるテストじゃないよな!?」

「女は常に内心で、男を冷酷に値踏みしている――これもまた女心だということですね」

「いい勉強になったよ！」

ヤケクソになって叫ぶアーク。

(こうやってムキになるところ、可愛いんですよねえ……♥)

内心、うっとりとなって愛でるメイリ。

アークは喜怒哀楽が激しく、また相対する者と全力で向き合う気質を持っている。

それも相手が使用人であるとか区別をしない（貴族の中には、平民を自分たちと同じ人間だとは本気で思っていない者が多いのだ！）。

うれしいことがあれば誰であろうと全力で喜びを分かち合うし、腹が立てば全力で怒る。

アークのそういうところが、メイリには魅力的で堪らない。

一緒に喜び合えることなんて最高に決まっているし、癇癪《かんしゃく》を起こしている時だって可愛くて仕方ない。


「ではアーク様の不細工──もとい無作法には目をつむって、デートを続けましょう」

「テメー好き放題言ってくれるな」

「次はお洋服を買いに来たというシチュエーションです」

そう言ってメイリは白の楚々《そそ》としたドレスと、赤の絢爛《けんらん》なドレスを取り出す。

「おまえ今、それどっから取り出した……？」

「私はデキるメイドですので」

「デキるメイドって領域のことかなあ……」

とアークはブツブツ言っていたが、メイリはスルーしてテストを続ける。

二つのドレスを左右に持って提示しつつ、

「このドレスのどちらを買うか迷っているのですが、どちらが私に似合うと思いますか？」

「つまり……オレが本当はどっちが似合うと思っているかとか男の気持ちはどうでもよくて、おまえが内心どっちを選んで欲しいか、その女心を当てろって問題だな？」

「さすがはアーク様、呑み込みがお早い」

「うーん……じゃあこっちの白いやつで」

「ハイ、零点」

「じゃあ赤いやつで」

「ハイ、零点」

「どないせーっちゅうんじゃ⁉」

「私は内心、両方とも欲しいと思っているので、どちらもプレゼントするのがたった一つのスマートな解法ですね」

「それおまえの欲の皮が突っ張ってるだけだろ⁉　もう女心、関係ないだろ⁉」

「女心とは常に欲深く、罪深いものなのです」

メイリはしれっと答えるが、アークは当然ながら全く納得してない様子だった。

「ちなみに女心への忖度《そんたく》抜きに、どちらが私に似合うと思います？」

「巨乳に似合う服なんて地上にないが？」

「ハイ、零点」

「女心への忖度要らねえって言っただろ⁉」

アークが猛抗議してくるが、メイリはツーンとそっぽを向く。

（口を開けば巨乳ガー、巨乳ガーって、私の胸がそんなにお気に召さないんですかねえ！　もうっ！　もうもうもうっ！）

内心、歯痒《はがゆ》くて仕方ない。

（でも外見なんて、どうせいつかは飽きる程度の代物ですからねっ。好みじゃないからって、恋愛対象にならない理由にはなりませんからねっ）

メイリはアークの顔を見飽きることなんて、絶対ないけど♥

（私の内面を見てくださいよ、内面を。女性らしい包容力にだって満ち溢れているんですからっ。だからこその完璧メイドなんですからっ。後になって気づいても、遅いんですからねっ！）

でも気づいてくれたら、よちよちしてあげてもいいけど♥

（は～～～あ！　ホント～～～～～～～～～に世話の焼ける人ですね！）

だから私が一生お世話してあげるけど♥

と――内心ブツクサ言いながら、メイリは両方のドレスを仕舞う。

アークに「手品みたいに消すな」とツッコまれたが、これもデキるメイドの嗜《たしな》みというもの。

「では四問目に参りますね」

「オレはもうやめたいんだが……」

「ランチの時間になったと仮想します。私は明らかにお腹を空かせています。ではアーク様は私に何を食べさせてくださるべきでしょうか？　①、小洒落たカフェで洒落臭いパンケーキセット。②、女子に人気店で鳥のエサみたいなサラダセット。③、血の滴るような分厚いステーキ」

「……③」

「なんと、初めて正解いたしましたね」

「①と②はどう聞いても表現に悪意があっただろ！　あとそれ絶対おまえの好みで、女心のテストになってないだろ！」

「ハァどこかに血の滴るようなステーキをご馳走してくださる殿方はいらっしゃらないかしらン」

「おまえの中のご令嬢像、どうなってんの⁉」

「口では言い出せないだけで、肉の塊が嫌いな女性などこの世にはいないということです」

「師範から一本とれたら何十枚でも食わせてやるよ！」

「さすがはアーク様、メキメキと女心を理解なさっておられますね」

「調子のいい奴！」

アークは肩を怒らせ、ギャースギャースとツッコんでくる。

かと思えば――大声の出しすぎだろう――ぐったりとしてソファに身を預けた。

「アーク様？」

「やめだ、やめ。これもう女心とか関係ないだろ……」

「もう音を上げるだなんて、アーク様は根性なしですね」

「ンなもん、オレにあるかよ。つーか、おまえとつき合っていると本当に疲れる……」

アークが肩で息をしながらぼやく。

(ちょっとからかいすぎたでしょうか？　少しだけよちよちしてあげましょうか？)

メイリは内心、不安に思う。

焦り、動揺を隠せなくなりかける。

だけど——そんなのは杞憂《きゆう》だった。

アークがだらしなくソファに身を預けたまま、苦笑いで言ったのだ。


「ま、おかげで毎日退屈しないわな」


——と。

メイリを見るアークの眼差しはどこまでも柔らかく、親愛の情が見て取れる。

たったそれだけのことで、メイリの心臓は「ドキッ」と跳ね上がる。

アークは人の気も知らず、気安く言葉を続けた。

「だからメイリ。これからもずっと、一緒にいてくれよな」

――と。

本人は何気なく言ったのだろうが、メイリにとっては女心のど真ん中を射抜かれるような、凄まじい威力の殺し文句を。

メイリは心臓がドキドキ鳴りっ放《ぱな》しのまま、努めて素っ気なく答えた。

「いいですよ。世界一ワガママなアーク様の傍にいて耐えられるのなんて、世界一ヒトがデキた私くらいのものでしょうからね。いつか世界中がアーク様を見捨てても、私だけはずっと傍にいて差し上げます――お給金次第で」

「うぉい！　最後の一言余計だろうがっ」

アークがまたギャースギャースわめき出すが、メイリは「当然のことですが何か？」みたいな態度で大仰に肩を竦《すく》めた。

無論、ただの照れ隠しだ。

憎まれ口の一つも叩いていないと、絶対に表情に出てしまうから。

◇◆◇◆◇

そして数日後。

「ありがとう、メイリ！　全部おまえのおかげだ！」

アークが居間《リビング》にメイリを呼びつけるなり、ドヤ顔で言い出した。

決してストレートには感謝の言葉を口にしないゴーマンな男が、いったいどんな風の吹き回しか。

メイリは嫌な予感でいっぱいになった。

しかしアークはこちらの気も知らず、ソファにふんぞり返ったまま自慢話を勝手に始める。

「オレがよ、女心がわからないってアヤカナ師範に泣きついたわけよ。そしたらよ、師範が教えてやるってオレをよちよちしてくれたわけよ。なんとオトナのデートに連れてってくれたわけよ！もうサイッッッッッコーーー！　一日中、大興奮よっ」

「ババア自重して」

メイリは半眼になってツッコむが、アークは聞こうともしない。

アヤカナとのデートの興奮を未だ引きずったように、まだまだまくし立てる。

「最初に師範オススメのレストランに行ったわけ。血の滴るようなステーキを食べたわけ。そんで師範がナイフで肉を切るにしても、フォークで口に運ぶにしても、それがもう妙にナマメカシイわけよ！　あれがオトナの色香ってやつ？　小娘との違いってやつ？　その後でバーに行って、軽く酔った師範がエロいのは言わずもがなだしな！　オレも思わず羽目を外しちまって酔っ払って、そしたら師範が休憩してこってムーディーな宿に連れてってくれたわけよ！　オレの酔いが醒めるまでずっとよちよちしてくれたわけよ！　思い出しただけでウヒョー」

（この男、サイッッッッッテー……）

百歩譲って他の女とデートしてくるのはいいが、それをメイリに自慢する神経がクズ。ゴミ。バカ。

「つぱ、つき合うなら美人なお姉さんに限るわ！」

（私に一生つき合えって言った、舌の根も乾かないうちにこの男は……）

メイリはジト目でアークのことを睨むが、あまり恨めしげにしても内心の恋心を悟られてしまうので、これ以上はツッコまない。

なおメイリ自身、アークの先日の台詞を自分に都合よく拡大解釈してしまっているのだが、その点自覚がなかった（これもまた恋心というものだろう）。

「この調子で師範とデートを重ねたら、女心をカンッペキにマスターするのも時間の問題だわ！もうオレに死角はないわ！」

（くっ……一度だけでなく、何度もアヤカナ卿に甘えるつもりとは……調子に乗って……っ）

「だからメイリ、ありがとう！　おまえがオレに女心を理解するべきだって言い出してくれなかったら、師範とイチャイチャできることもなかっただろう！」

（くっ……私は己の手で、強力な恋敵を生み出してしまったのですね……っ）

まさに後悔先に立たず。

嫌な予感が的中した。

「オレはもしかしたら生涯の伴侶に巡り合えたのかもしれないっっっ」

「ますます性癖を歪ませてどうするんですか」

十四歳の少年《ガキ》が二十四歳相手に求婚しかねない様子に、メイリはもう盛大な嘆息を漏らした。

「今からこの有様では、将来どれだけこじらせるのかと呆れ——心配で仕方ないですよ」

と。

こんなバカな男に惚れてしまったのだから、一生苦労したりヤキモキさせられるんだろうなと、覚悟を新たにしながら。

なお余談ではあるのだけれど――

アークはその後もアヤカナとのデートを重ねることで、本当に成長していった。

日常における女心を理解できるようには全くならなかったけれど、それでも戦いになれば女性が相手でも心が読める、まさに隙のない剣士になることができた。

こういうところが、バカだけどバカじゃない所以《ゆえん》。

そしてアークはアヤカナに散々に弄ばれ、貢ぐだけ貢がされて、最後はアヤカナが性格の素直なイケメンと結婚して逃げられるという結末になりましたとさ。

いい気味ですね。

あとがき

追放されたキャラクターばかりが集まった村があったら面白くない？

そこに私の好きな「最高に実力があって、欲望に自重しない主人公」を足したら、もっと面白くない？

さぞみんなで大暴れして、世界を巻き込むレベルで成り上がっていくはず。それこそ『水滸伝』の梁山泊みたいに――

そう思い至って執筆したのが本作です。

皆様にも楽しんでいただけますと幸いです。


またこの物語を書籍化しようと打診してくださいました、担当編集さん。ありがとうございます。

イラストレーターのくろでこ先生。「一筋縄では行かないユニークな連中」が一目でわかる、最高に最高の表紙イラストをはじめ、たくさんの魅力的なキャラデザインと挿絵の数々、感謝に堪えません。

アークが長髪をひっくくったり下ろすことで、ワイルドにもフォーマルにもなれるデザインなど、細かいところにまで行き届いたくろでこ先生の冴えたアイデアを次々といただいて、まさに舌を巻く想いでした。

そして、この本の出版・制作に携わってくださった皆様へ、何よりこうして手に取ってくださった読者の皆様へ、最大級の感謝を！

これが梁山泊ならまだまだスタートを切ったばかり、皆様のご期待に添えられますよう2巻の執筆も頑張ります。

福山松江　拝

GAノベル

「追放村」領主の超開拓《オーバービルド》
～追放者だらけの辺境村が
やがて世界に覇権を唱えるようです～

2024年 11月30日　初版第一刷発行

著者　福山松江

発行者　出井貴完

発行所　SBクリエイティブ株式会社
〒105-0001　東京都港区虎ノ門 2-2-1

装丁　MusiDesiGN［むしデザイン］

印刷・製本　中央精版印刷株式会社

ISBN978-4-8156-2926-7
Printed in Japan

ファンレター、作品のご感想をお待ちしております。

〒105-0001　東京都港区虎ノ門 2-2-1
SBクリエイティブ株式会社
GA文庫編集部 気付

「福山松江先生」係
「くろでこ先生」係

本書に関するご意見・ご感想は
下のQRコードよりお寄せください。
※アクセスの際に発生する通信費等はご負担ください。

https://ga.sbcr.jp/

「追放村」コミカライズ

雷獣《ブリッツパンター》!!
ザッ
バヂヂヂ
追放村へようこそ！
ニャ
全力でこの企画進行中！

「この村の本当の価値は
まだまだこんなもんじゃないぜ？」

自重しない最強村人！　容赦しないアーク様！
「追放村」領主の
超開拓《オーバービルド》
2025年春頃 第②巻発売予定！